Olaf Maly

Tod am Fenster

Eine Kommissar Wengler Geschichte

Zu diesem Buch:

Kommissar Wengler und sein Assistent Armin Staller haben sich mit einem Mord zu beschäftigen, den Amalia Pohl von ihrem Balkon aus im Nachbarhaus gesehen haben will. Es stellt sich heraus, dass alles was sie im Fenster gegenüber beobachtete stimmt, und dort um die Mittagszeit ein Mann erschossen wurde. Die erste Spur führt zum Bekanntenkreis des Toten, der allerdings wenig Aufschluss über das Warum geben kann oder will. Als nächstes untersucht man die Vergangenheit des Opfers, die allerdings mehr Rätsel als Lösungen aufzuwerfen scheint. Schließlich kommen die Fäden doch noch zusammen und alle Geschichten, wie das bisherige Leben des Toten und sein Umfeld, die Personen mit denen er bis vor seinem Tod zu tun hatte, sowie die daraus resultierenden Verbindungen, ergeben letztendlich die Lösung dieses nicht einfachen Falles, der auch Kommissar Wengler in noch nicht von ihm betretene Sphären Einblicke gewährt.

© 2015 Olaf Maly

Umschlag, Illustration: Vivian Tan Ai Hua
http://facebook.com/aihua.art

Bildrechte Umschlag: Hintergrund Oktoberfest
© pico - Fotolia.com, # 59883196
© davis - Fotolia.com, #67571192

Lektorat, Korrektorat: Andreas Fischer,
BookRix

Bildrechte, Portrait: James Forbush
New York, NY; Sarasota, FL
Jamesforbush.com

Verlag: createspace.com

Tod am Fenster, 3. Auflage 2015

ISBN
Paperback   978-0-6922-2234-8
e-Book   978-3-7309-2070-1

Printed in Germany

Tod am Fenster

Ein Kommissar Wengler Roman

von

Olaf Maly

Es war kein Traum,
oder doch?
als ich aufwachte war es nur noch grau
und doch war es gerade noch so strahlend bunt.
Vielleicht ist auch der Traum nur grau
und ich schlafe noch.

Kapitel 1

Amalia Pohl saß in ihrem Strandkorb, auf dem Balkon in Giesing, in der Chiemgaustraße, im vierten Stock. Man hatte damals den Korb mit einem Flaschenzug auf den Balkon hieven müssen, da die Treppen und der notdürftig und nachträglich eingebaute Aufzug zu klein waren, um ihn durchs Haus in die Wohnung zu bringen. Auch hätte man alle Türen erweitern müssen, hätte man versucht, den Strandkorb über die Treppe und durch die Wohnung auf den Balkon zu bekommen.

Es war sowieso ein wenig verrückt, sich mitten in München einen Strandkorb auf den Balkon zu stellen, aber nachdem sie ihren letzten Sommer in Sylt verbracht hatte, musste sie unbedingt einen haben, koste es, was es wolle. Und haben wollen hieß für Amalia Pohl, dass es nur eine Frage der Zeit war und sicherlich nicht eine Frage des Ob und Wie, bis das Gewünschte eintreffen würde.

Der Sommer in Sylt im Jahr davor war verregnet, nein eigentlich nicht verregnet, mehr zugeschüttet mit Regen. Nicht zu sprechen von dem Wind, gegen den man mit bestem Willen nicht ankommen konnte. Aufrecht stehen war eine Herausforderung. Ein Schirm war absolut sinnlos, es regnete waagerechtes Wasser, das zwar dennoch scheinbar und offensichtlich vom Himmel kam, dessen Farbe die ganzen zweieinhalb Wochen nur von hell- und dunkelgrau nach kohlrabenschwarz wechselte. Wie das Wasser den Weg in die Horizontale fand, war physikalisch ein

Phänomen, das bis zum heutigen Tage unerklärlich blieb. Zumindest für Amalia Pohl. Sie war ein einfaches Mädchen, mit einfachen Wünschen und Gedanken, hatte aber ein sonniges Gemüt und in vielen Dingen eine Engelsgeduld. Die nordischen Einheimischen versuchten, ihr in ihrer Sprache, von der Amalia nicht einmal die Hälfte verstand, zu erklären, wie sich das dort in Sylt so abspielte, aber da es an der Tatsache des Regens nichts änderte, war es ihr auch ziemlich egal, was es damit auf sich hatte.

Eine Freundin hatte sie damals überredet, mit ihr dorthin zu fahren. Wie sich später herausstellte, und was sie vor der Reise nicht wusste, hatte die Freundin vor, dort jemanden zu treffen, auf den sie schon lange ein Auge hatte, jedoch nicht wusste, wie und wann sie es anstellen sollte, Kontakt aufzunehmen. Sylt, dachte sie, wäre der richtige Rahmen, da sie hörte, dass der Betreffende sich dort aufhalten würde. Aber alleine wollte sie nicht dorthin fahren, also überredete sie Amalia, mit ihr zu reisen.

Um noch Salz in die Wunde des Unerfreulichen zu streuen, musste Amalia jeden Morgen beim Frühstück den Wetterbericht mit ansehen, der in München Sonne mit angenehmen Temperaturen versprach, mit einem gelegentlichen Schauer am Nachmittag. Nur so zum Abkühlen, bevor man in den Biergarten ging, den es übrigens auf Sylt auch nicht gab. Es gab ein paar Bänke am Strand, aber da es unaufhörlich regnete, war das Lokal geschlossen und die Bänke nur Ruheoasen für eine unendliche Anzahl von Möwen, die sich scheinbar über den endlosen Strom von Wasser freuten. Bis auf Weiteres, hieß es, war das Lokal geschlossen, was, wie und wo das Weitere auch sein sollte. So wie das Schild aussah, war dies nicht der erste verregnete Sommer.

Ihre Freundin, die Rosi Sprengler, mit der sie einmal zusammengearbeitet hatte, als sie an Weihnachten als Aushilfe im Kaufhof Spielzeuge verkaufen musste, war eigentlich keine richtige Freundin, mehr eine gute Bekannte, die man ab und zu einmal anrief, um Gesellschaft zu haben. Wenn man nicht alleine ins Kino gehen oder mal den Italiener an der Ecke ausprobieren wollte.

Aus dem Abenteuer, das von Rosi Sprengler eben, wurde nichts, auch nach zweieinhalb Wochen mühevoller Verfolgung und Präsentation an allen möglichen und unmöglichen Örtlichkeiten, die das Portemonnaie beider sichtlich strapazierten. Dass man den Herren nie antraf, hatte in erster Linie etwas mit dem Regen zu tun, aber auch mit der Tatsache, dass der Herr, auf den man es abgesehen hatte, gar nicht auf Sylt war, sondern kurzfristig wegen des schlechten Wetters abgesagt hatte, wie sich später nach der Heimreise herausgestellt hatte.

Da Amalia während dieser Zeit viel alleine war und zum Schutz gegen das Wetter fast jeden Tag im Strandkorb saß, hatte sie sich kurzerhand dort einen bestellt und nach München liefern lassen. Irgendwie fand sie Gefallen daran, er gab ihr Schutz und eine gewisse Geborgenheit, die man nicht in einem normalen Sessel erfahren konnte. Es war fast, wie in einem kleinen Häuschen zu sitzen, das sein, wenn auch kleines, Bett schon eingebaut hatte.

Nun saß sie also in dem Strandkorb, der gerade einmal so auf ihren Balkon passte, auf der Breitseite, sodass man gerade noch die Tür aufmachen konnte, die vom Balkon in die Küche führte. Wenn man die Fußstütze des Strandkorbes herausfuhr, war der Balkon mehr oder weniger voll ausgenutzt, was hieß, dass man mit ausgefahrener Fußstütze die Tür nicht mehr öffnen konnte.

Sie genoss es, dort zu sitzen und etwas zu trinken, sich die Menschen anzusehen, die eilig auf der Straße ihrer Wege gingen und sie nicht sehen konnten, da sie nahezu völlig vor ihnen verborgen war. Alles, was man sah, war der Strandkorb, wenn man sich die Mühe machte, nach oben zu sehen. Wer es tat, hatte meist ein leises Schmunzeln auf dem Gesicht und fragte sich wahrscheinlich, ob es nicht schön wäre, selbst auch einen zu haben.

Eine Straßenbahn fuhr genau alle zehn Minuten in die eine und die andere Richtung, und da diese von der Schwanseestraße einbog, um auf die Chiemgaustraße zu kommen und umgekehrt, hörte man das besonders intensiv an dem quietschenden Geräusch der Räder, die krampfhaft versuchten, um die Kurve zu kommen, und der unermüdlichen Klingel, die den Menschen sagen wollte, dass man jetzt um die Ecke bog. Dies war wohl Vorschrift, da das Geräusch der Räder auf der Kurve bei Weitem lauter war als das der Klingel, man also sehr wohl wusste, dass die Straßenbahn im Ankommen war. Außer man war taub, aber da half die Klingel auch nichts. Die beiden Bahnen trafen sich meist vor und in der Kurve und das machte die Dauer des reibenden Radschienenstahlgeräusches noch länger und intensiver.

Amalia hatte sich daran gewöhnt, sie wohnte schon seit dreieinhalb Jahren in dieser Zweizimmerwohnung, die sie von ihrem Exfreund übernommen hatte, der kurzerhand sein Glück in Amerika versuchen wollte. Ohne Amalia und ohne Erfolg, wie sich herausstellen sollte. Sie hatte nie wieder etwas von ihm gehört außer einer Anfrage nach Geld, die aus New York kam und die sie umgehend in den Müll geschmissen hatte.

Sie kannte auch die Fenster gegenüber sehr genau, besonders die im vierten Stock, auf die sie freie Sicht hatte und sehen konnte, was dort so vor sich ging. Die Tatsache, dass sie in einem Strandkorb saß, gab ihr so viel Deckung, dass die Leute, die in diesen Wohnungen lebten, liebten, aßen, schliefen und noch viele andere Dinge taten, die man eben so tut, nichts davon mitbekamen. Sie konnte sehen, ohne gesehen zu werden.

Und was sie an diesem Nachmittag sah, sollte sie noch lange beschäftigen, ihr Sorgen machen und die Nächte stehlen, die sie so sehr brauchte, um den Tag zu meistern.

Kapitel 2

Kommissar Wengler war es heiß, viel zu heiß. Er kam sich vor wie im brasilianischen Dschungel. Nicht dass er dort jemals gewesen wäre, um Gottes Willen nein, aber so stellte er sich das dort vor. Das Thermometer kletterte wieder einmal auf 32 Grad, wie schon seit Tagen, und das waren mindestens zehn Grad zu viel für ihn. Alles konnte er aushalten, nur keine Hitze, die machte ihm zu schaffen.

Man hatte Marscherleichterung im Kommissariat angeordnet, wie man so sagte und dabei ein wenig schmunzelte, was hieß, dass man es sich leichter machen konnte, indem man Sommerhemden und leichte Hosen tragen konnte, die ein wenig Kühlung versprachen. Manche trieben es ein bisschen zu weit, da sie in kurzen Hosen zum Dienst erschienen, was nun weiter nicht schlimm gewesen wäre, hätte man die Beine, die aus diesen Röhren herausschauten, nicht ansehen müssen.

Schwitzen und die damit unvermeidlich verbundenen Gerüche waren dennoch nicht zu vermeiden. Es half auch nicht, die Fenster offen zu halten und auf den Wind zu warten, der nie kam. Warten bedeutet, dass man Hoffnung hat, also beschränkte man sich darauf, Hoffnung zu haben, nur dass Hoffnung keine Lösung, sondern nur geträumtes Wunschdenken ist.

Herr Wengler hatte eigentlich schon vor Jahren aufgehört, Anzüge und gebügelte Hemden zu tragen, es war ihm zuwider, immer wieder die Schuhe putzen zu müssen, darauf zu achten, dass die Bügelfalte richtig saß und das gestärkte Hemd auch keine Knitter hatte. Als er eines Tages von der Isar gerufen wurde, wo er es sich an einem Nachmittag gemütlich machen wollte und dies jedoch durch einen Notruf jäh beendet wurde, fuhr er, wie er war, ins Büro. In seiner Freizeitkleidung. Trainingsanzug und T-Shirt mit roten Turnschuhen. Niemand achtete auf ihn, niemand sprach ihn darauf an, niemand hatte auch nur einen kleinen, winzigen Kommentar dazu.

Also, sagte er sich, warum soll ich mich herumquälen mit geschlossenen Krägen und gefalteten Hosen, passenden Strümpfen, geputzten Schuhen und karierten Sakkos? Er kaufte sich ein paar bequeme Hosen und lässige Hemden und änderte von einem auf den anderen Tag seine Anziehgewohnheiten.

Alle dachten, dass er schon immer so herumgelaufen wäre, Manche machten ihm sogar Komplimente, die er davor nie zu hören bekommen hatte, was ihn umso mehr ärgerte, da die Kosten für seine alten Bestände damals weitaus höher waren als für die jetzigen.

An diesem zu heißen Montag hatte man nur Bürosachen zu erledigen und Akten aufzuarbeiten. Sein Assistent Armin Staller saß am Computer und tippte vor sich hin. Computer waren nichts für den Herrn Kommissar, das hatte er sehr schnell herausgefunden, nachdem er des Öfteren den Computernotdienst hatte anrufen müssen, da er wieder einmal nicht wusste, warum der sich selbst ausgeschaltet hatte. Deswegen auch die Notizbücher, die er, fein säuberlich geordnet, in seinem Schrank aufbewahrte. Computer waren etwas für die neue Generation, die dachten, damit alles unter Kontrolle zu haben, ohne einzusehen, dass der Computer sie unter Kontrolle hatte.

E-mail, Textnachrichten, SMS, und wie das alles hieß, waren nur dazu angetan, einem den Tag zu vermiesen, einen zum Sklaven von Nachrichten und Mitteilungen zu machen, die nichts änderten und ohne die man auch hätte leben können. Aber nein, man musste nachschauen, man bekam immer diesen leisen Gong aus dem Lautsprecher, den man nicht mehr aus seinem Kopf bekam und auf den man ununterbrochen wartete, da man dachte, etwas verpasst zu haben. Das war nichts für den Kommissar, das war was für Armin Staller.

Die Polizei war in diesen Wochen rund um die Uhr voll im Einsatz, da Viele, die unter der Hitze litten, umfielen, ins Krankenhaus mussten und manches Mal auch durchdrehten. Männer begannen, ihre Frauen zu verprügeln, als könnten sie etwas dafür, dass es so heiß war. Es war ihre Schuld, nicht dafür gesorgt zu haben, dass man das Leben unter diesen Umständen ertragen konnte, und irgendjemand musste doch daran schuld sein. Und das Bier, das man trank, um sich abzukühlen, tat das seine dazu.

Dies dachte Kommissar Wengler auch, als das Telefon klingelte und er den Hörer abnahm, er dachte, das wäre wieder so ein Anruf, den er weiterleiten würde an die Wache, die damit umzugehen hatte.

„Herr Kommissar?"

„Kommissar Wengler, Mordkommission, mit wem spreche ich?"

„Amalia Pohl ist mein Name."

Eine Pause, in der der Kommissar nur das schwere Atmen hören konnte, das schwere und schnelle Atmen, das bedeutete, dass irgendetwas passiert sein musste. Er kannte dieses Atmen, diese Ruhe, die eigentlich keine Ruhe war, sondern Aufgeregtheit, Nervosität, Anspannung und Verzweiflung.

„Frau Pohl, was können wir für Sie tun?", sagte er so ruhig, wie er es unter diesen Umständen herausbrachte.

„Ich glaube, ich habe gerade einen Mord gesehen."

„Sie haben einen Mord gesehen?"

Dieser Satz ließ Armin Staller aufhorchen und von seinem Computer aufblicken. Kommissar Wengler gab seinem Assistenten ein Zeichen, den Hörer seines Telefons abzuheben, um das Gespräch mit anzuhören.

„Frau Pohl, erzählen Sie uns ganz ruhig, was Sie gesehen haben."

„Also ich sitze hier in meinem Strandkorb auf dem Balkon..."

„Strandkorb, Sie sitzen in einem Strandkorb, auf dem Balkon, in München."

Kommissar Wengler sah seinen Assistenten etwas verwundert an, als wollte er sagen, wer die wohl sei.

„Ja, ich sitze in meinem Strandkorb und schaue so auf die Straße und im Nachbarhaus, über der Straße, ist ein Mann ganz in Weiß, ich meine, in einem weißen Hemd und weißer Hose am Fenster, mit einem Glas in der Hand, der anscheinend auf jemanden wartet. Er steht da nur, läuft dort herum, trinkt ab und zu und schaut immerzu auf die Straße. Sein Hemd ist fast bis zum Bauch offen, wahrscheinlich wegen der Hitze."

„Ist es das, warum Sie ihn sich anschauen?"

Der Kommissar und sein Assistent sahen sich verständnisvoll in die Augen.

„Nein, natürlich nicht, Herr Kommissar, was denken Sie denn von mir. Nun ja, jedenfalls dreht er sich plötzlich um, dieser Mann am Fenster, meine ich, wahrscheinlich hat es geklingelt oder so. Er geht jedenfalls weg vom Fenster, kommt aber wenige Minuten später wieder zurück. Ein anderer Mann ist ihm gefolgt. Der mit dem weißen Hemd stellt sich mit dem Rücken zum Fenster und scheint mit dem anderen Mann zu sprechen. Anscheinend haben sie einen Streit oder eine Meinungsverschiedenheit, da der Mann am Fenster heftig mit den Armen um sich schwingt und dem anderen etwas klarzumachen versucht. Dann, ganz plötzlich, fällt der Mann mit dem weißen Hemd vornüber und ich sehe noch, wie sein weißes Hemd plötzlich rot wird. Dann verschwindet er aus meinem Blick. Ich meine, er fällt um und verschwindet unter dem Fenster, wenn Sie verstehen, was ich meine. Der Andere geht dann zum Fenster und lässt die Rollläden herunter. Das ist alles, was ich gesehen habe."

„Und warum glauben Sie, dass das ein Mord war?"

„Ich weiß nicht, ob es Mord war, Herr Kommissar, aber finden Sie es nicht seltsam, dass jemand so plötzlich umfällt und so mir nichts dir nichts verschwindet und sein Hemd auf einmal ganz rot wird?"

Eine Pause entstand, in der beide Seiten überlegten und die ganze Sache noch einmal durchspielten. Kommissar Wengler hörte eine Straßenbahn um die Ecke fahren, das quietschende Geräusch konnte man auch über das Telefon nicht überhören.

„Was meinen Sie, Armin, was halten Sie von der Sache?"

Kommissar Wengler und sein Assistent hatten vereinbart, sich beim Vornamen anzusprechen, allerdings nur der Kommissar seinen Assistenten. Andersherum ginge es nicht, meinte Herr Wengler, der Altersunterschied sei zu groß und das moderne Duzen, davon halte er sowieso nichts. Wie er von vielen Dingen nichts hielt, die modern und neu waren. Nur in diesem Fall könnte er, Armin, ja sein Sohn sein, also das wäre dann schon in Ordnung. Das war auch in Ordnung mit Armin, also ließ man es dabei. Herr Kommissar und Armin.

„Ich weiß nicht, aber wir sollten uns das vielleicht einmal ansehen", sagte der Kommissar zu seinem Assistenten.

„Frau Pohl, geben Sie uns Ihre Adresse und wir schauen bei Ihnen vorbei. Wir möchten uns das gerne selbst ansehen, was und wo da etwas passiert sein soll."

Kapitel 3

Amalia Pohl war Ende dreißig, ledig, und obwohl sie gerne geheiratet hätte und auch sofort noch würde, falls der Richtige käme, hatte sie nie die große Liebe gefunden. Allerdings war sie auch nicht der Typ wie ihre Freundin Rosi, die ihren Träumen regelrecht hinterherlief, wenn auch mit mäßigem Erfolg. Sie hatte mit ihrer eher aggressiven Methode nicht viel mehr erreicht als Amalia, aber das führte sie auf die Dummheit der Männer zurück, denen sie nachlief, nicht auf ihre eigene Beschränktheit, die fast aus jedem Blusenknopf herausquoll. Eine von den Blusen, die immer aussahen, als wären sie zwei Nummern zu klein oder die Füllung zwei Nummern zu groß.

Ansonsten war Amalia ein natürlich aussehendes Mädchen mit kurzen, mittelbraunen Haaren, einem fast ovalen Gesicht und einer etwas zu groß geratenen Nase. Ihre Mutter meinte, da wäre irgendwann mal ein Grieche in der Erbfolge gewesen, wenn sie das auch nie beweisen konnte. Ihre Figur konnte man als etwas rundlich bezeichnen, aber das lag wohl daran, dass sie aus Frustration, keinen Mann zu finden, in letzter Zeit immer mehr nach der Schokolade oder in diesem Falle alles, was süß war, gegriffen hatte. Das hatte ihre Figur zu einer kleinen Birne werden lassen, mit zu kurzen Beinen und zu kleinem Kopf. Die Chancen, nun doch noch das große Glück zu finden, waren dadurch nicht gerade gestiegen, das wusste sie, aber diese Erkenntnis bedurfte wiederum weiterer Schokoladenkuren.

Es wurde schon dunkel und war immer noch heiß, viel zu heiß für diese Uhrzeit und Kommissar Wengler fluchte, als er die Treppe hinauflaufen musste. Der Aufzug war wegen der Hitze außer Betrieb, als wollte der liebe Gott noch eines draufgeben, um die Plage erst richtig zur Plage werden zu lassen.

Sie hatte ihren Jogginganzug an, der alles ein wenig egalisierte, als sie die Tür öffnete. Kommissar Wengler und sein Assistent Armin Staller waren im vierten Stock angekommen, mussten sich ein wenig ausruhen, um nach Luft zu schnappen, und hatten geklingelt.

„Frau Pohl, nehme ich an?", sagte der Kommissar, als sich die Wohnungstür öffnete und er seinen Ausweis zeigte.

„Pohl, Amalia Pohl, ich habe Sie angerufen", sagte sie mit einem zaghaften Lächeln, das die Perlenreihe ihrer kleinen Zähne zum Vorschein brachte.

„Gut, können wir hereinkommen und noch einmal darüber reden?" Dabei ging der Kommissar durch die Eingangstür, in der Hand immer noch seinen Dienstausweis, ohne eine Antwort abzuwarten.

„Ich habe mir das noch einmal durch den Kopf gehen lassen, Frau Pohl. Auch wenn Sie recht haben sollten, wir können da nicht so einfach klingeln und fragen, ob da jemand ermordet worden ist. Das müssen Sie verstehen."

„Das weiß ich auch, Herr Kommissar, deshalb habe ich Ihnen noch etwas zu sagen. Ich habe nach unserem

Gespräch die Wohnung und den Eingang die ganze Zeit beobachtet und es wurde kein Licht gemacht und keiner hat das Haus verlassen, außer einer alten Frau, also gehe ich davon aus, dass die Person noch in der Wohnung ist. Ich zeige Ihnen einmal, wo das ist."

Damit ging sie in Richtung Küche und auf den Balkon. Der Kommissar und Armin Staller folgten ihr. Am Balkon angekommen, drehte sich Frau Pohl um und zeigte auf das einzige Fenster im Haus gegenüber, das um diese Zeit nicht beleuchtet und an dem die Jalousie geschlossen war.

„Dort ist es, im vierten Stock. Gleich dort drüben, dort wo es dunkel ist", mit ihrem Finger in die Richtung weisend, die sie meinte.

„Da sind die Rollladen heruntergezogen, deswegen ist es dunkel."

„Ja, Herr Kommissar, das habe ich Ihnen doch schon am Telefon gesagt, aber nur eine, die anderen sind alle noch oben. Und hinter diesem Rollladen ist es passiert."

„Schönen Strandkorb haben Sie da", sagte Armin Staller, mehr um eine Konversation anzufangen, als den Strandkorb zu bewundern. Irgendwie fand er Frau Pohl nett.

„Direkt von Sylt. Bin dort zehn Tage in einem gesessen, da man nirgendwo anders sitzen konnte, um sich vor dem Wetter zu retten, und da hab ich mich so daran gewöhnt, dass ich unbedingt einen hier in München haben wollte. Fehlt nur noch ein bisschen

Sand, und der Strand ist perfekt. Brauch ich gar nicht mehr in Urlaub fahren."

Dabei lächelte Amalia Pohl den Assistenten mit einem vielversprechenden Blick an, der sagen sollte, dass in dem Strandkorb unter Umständen auch für zwei Platz sein könnte.

„Wissen Sie noch mehr über den Fall, oder war es das, Frau Pohl?", fiel der Kommissar dazwischen und erstickte die Anbahnungsversuche im Keim, nicht ohne Armin einen entsprechenden Blick zukommen zu lassen.

„Lieber Armin, lass es gut sein und komm, wir wollen mal da drüben klingeln."

Der Kommissar holte sein weißes Notizbuch heraus, ein neues, das er sich extra mitgenommen hatte, falls sich etwas aus dieser Geschichte ergeben sollte.

Fall Pohl, Amalia Pohl, Chiemgaustraße, Giesing, war der erste Eintrag. Auf dem Rücken machte er noch keinen Buchstaben, da dieser immer für den Toten reserviert war, wenn es denn in diesem Fall überhaupt einen geben sollte. Verdacht auf ein Verbrechen, gesehen vom Strandkorb aus, der auf dem Balkon gegenüber dem angeblichen Tatort steht. Das Wort „Strandkorb" hatte er zweimal unterstrichen.

Die Straßenbahn fuhr wieder um die Kurve und machte das entsprechende metallkreischende Geräusch, das einem das Mark im Bein erfrieren lassen konnte. Es war nicht möglich, etwas Anderes zu tun, als zu warten, bis wieder Ruhe eingekehrt war und das einzige Geräusch das Gurren der Tauben war, die auf dem Dach gegenüber ihre Freude hatten.

Gelegentlich hörte man auch einen Streit aus einem der offenen Fenster. Es ließ sich nicht vermeiden. Nicht bei diesem Wetter und diesen Temperaturen.

Kommissar Wengler konnte nicht glauben, dass er das alles ernst nehmen konnte, aber die Bestimmtheit, mit der Amalia Pohl ihm immer und immer wieder gesagt hatte, was sie angeblich gesehen hatte, gab ihm nicht das Recht, das als Spinnerei abzutun. Er sollte zumindest einmal dort klingeln und fragen, was dort vor eineinhalb Stunden passiert war. Dies war er Frau Pohl schuldig, aus welchem Grund auch immer.

Kapitel 4

Kommissar Wengler und sein Assistent Armin Staller standen vor der Tür des möglichen Tatortes im vierten Stock, dem Haus gegenüber der Wohnung von Amalia Pohl. Sie hatten sich überzeugen lassen, zumindest einmal nachzusehen, jedoch insgeheim gehofft, wieder ihrer Wege gehen zu können, da dort nichts passiert war.

„Tobias Werg" stand auf dem Namensschild, das säuberlich und ordentlich in gedruckter Ausführung unter der Klingel befestigt war. Kommissar Wengler drückte den Knopf und startete damit eine Melodie, die elektronisch nach Mozart klang. Niemand schien sich in der Wohnung zu bewegen, es waren keine Geräusche, Schritte oder Ähnliches zu vernehmen. Der Kommissar drückte noch einmal und zu seiner Überraschung spielte die Klingel nun eine andere Melodie, die mehr nach John Lennon klang. Mozart und John Lennon. Interessante Mischung, dachte er sich und war drauf und dran, weitere Klingeltöne zu erforschen, ließ es aber, um nicht kindisch zu erscheinen.

„Scheint niemand zu Hause zu sein", sagte Armin Staller.

„Nein, alles ruhig", antwortete der Kommissar. „Ich warte hier und Du gehst und findest den Hausmeister. Wir sollten zumindest einmal in die Wohnung schauen, ob alles in Ordnung ist, bevor wir gehen, jetzt wo wir schon da sind."

„Können wir das denn?", fragte der Assistent.

„Gefahr im Verzug, mein lieber Armin, Gefahr im Verzug. Es könnte ja sein, dass Frau Pohl recht hat, und wenn wir dann hier sind und nichts unternehmen, werden sie uns die Löffel lang ziehen. Also geh schon und hol den Hausmeister."

Armin Staller wandte sich zum Gehen und der Kommissar musste noch einmal auf die Klingel drücken. Beethoven, ich hab's geahnt, dachte er sich. Mozart, John Lennon und dann Beethoven. Danach setzte er sich auf die Treppe, um sich ein wenig auszuruhen, die Hitze und das ewige Treppensteigen machten ihm zu schaffen. Er fluchte leise vor sich hin und wäre lieber irgendwo im Biergarten neben einer kühlen Maß Bier als hier in einem stickigen Treppenhaus, an einer Tür, die mit jedem Klingeln eine andere Melodie spielte.

Armin Staller kam einige Minuten später zurück, hinter ihm ein keuchender Mittfünfziger mit großem, rundem Bauch und einer Schirmmütze auf dem Kopf. 'Grüner Baumarkt' stand groß darauf, in leuchtendem Orange mit blauem Schriftzug. Wenigstens war der Schirmrand grün.

„Das ist Herr..."

„Franz Moosrieder, Herr Kommissar, Franz Moosrieder", sprang der Hausmeister dazwischen und stellte sich damit vor.

„Ja das ist ja was, sie wollen in die Wohnung von dem Herrn Werg. Ein netter Mensch ist ja das, keiner wie die Anderen, die ihre Nasen da oben tragen, im Himmel, nein einer, der ganz fest auf dem Boden

25

steht und immer freundlich ist und nett. Hat mir sogar einmal einen Kasten Bier vor die Tür gestellt, wissen's, einen ganzen Kasten Bier. Hab ich dann mit meinen Spezln, Freunde mein ich, beim 60er-Spiel versoffen. War auch gut so, weil's wieder verloren haben, die dummen Hund. Ja wir in Giesing sind halt immer noch 60er, wie wir das immer waren."

Der Hausmeister gab sich große Mühe, einigermaßen verständliches Hochdeutsch zu sprechen, wenn es ihm auch sichtbar schwerfiel. Viel brachte es nicht, aber man verstand sich.

Da Armin Staller nicht in München aufgewachsen war, konnte er mit den 60ern als Begriff nichts anfangen und sah den Kommissar erstaunt und fragend an. Der erklärte ihm, dass es sich dabei um einen Fußballverein handelte, der in Wirklichkeit ,

„1860 München" hieß und eben liebevoll nur „die 60er" genannt wurde. Jedenfalls in Giesing.

„Ja, die 60er halt, verstehn's", musste Franz Moosrieder noch einwerfen.

„Schön, Herr Moosrieder, dann machen Sie doch mal die Tür auf, bitte."

"Ja ist er denn nicht daheim, der Herr Werg. Hab ihn doch heimkommen hören heute Mittag. Seltsam, seltsam."

Damit holte er einen Bund Schlüssel aus seiner Lederhose, die sicher schon einige Jahre hinter sich hatte. Man sah einige eingesetzte Lederstreifen auf der Hinterseite, die bezeugten, dass man die Bundweite mehrmals hatte erweitern müssen, um dem Bierverbrauch gerecht zu werden. Sein weißes Hemd mit Rüschen in der Mitte, wie man es normalerweise zu Trachtenanzügen trägt, war unter den Armen und zwischen den Schulterblättern nass, hinten zwischen den Hosenträgern ein wenig dunkler, als es sein sollte.

„So, da ist er ja", sagte Herr Moosrieder, nachdem er alle Schlüssel nacheinander angesehen hatte, nahm den Schlüssel umständlich aus dem Ring und öffnete die Tür.

„Sie bleiben bitte draußen, Herr Moosrieder", sagte der Kommissar, da der Hausmeister Anstalten machte, in die Wohnung zu gehen.

Kapitel 5

Gerhard Moser hatte den ganzen Tag vergeblich versucht, seinen Freund und Geschäftspartner Tobias Werg anzurufen. Man hatte am Tag zuvor verabredet, sich in der Galerie zu treffen, die beiden zu gleichen Teilen gehörte. Montag war zwar geschlossen, aber dennoch wollte man besprechen, wie die nächste Ausstellung vorbereitet werden sollte.

Die Galerie befand sich in der Theatinerstraße, einer der guten Geschäftsadressen in München, allerdings im ersten Stock, über dem Schuhladen und unter einer Notariatskanzlei. Erdgeschoss konnte man sich nicht leisten, das warf das Geschäft nicht ab.

Gerhard Moser hatte von seiner Großmutter ein wenig Geld geerbt und mit diesem Geld und viel Enthusiasmus hatte man, gegen den Willen der Eltern, die Räume angemietet und Bilder von Freunden aufgehängt, die sonst niemand ausstellen wollte. Das war zwar am Anfang nicht sehr erfolgreich, hatte aber viel Spaß gemacht. Bei der ersten Vernissage war auch Tobias Werg anwesend, der sofort Gefallen an dem Konzept gefunden hatte und sich anbot, mit einzusteigen.

Wie sich kurze Zeit später herausstellte, war nicht nur die Galerie Anziehungspunkt und geteilte Gemeinsamkeit, aber das wusste noch keiner von beiden zu dieser Zeit.

Man hatte sich auf neue, unbekannte Künstler spezialisiert, die zwar irgendwann einmal Geld bringen sollten, dies aber bisher nicht getan hatten. Potentielle

Kunden mit dem entsprechenden Vermögen davon zu überzeugen, dass diese Künstler eine gute Wertanlage waren, bedurfte oft einer langwierigen Überzeugungsarbeit und Engelsgeduld. Dies wurde die Aufgabe von Tobias Werg, da er sehr gut mit Menschen umgehen konnte. Man hatte sein Auskommen. Wenn auch oft auch nur mit gewöhnlichen und billigen Drucken, die man als Nebengeschäft in einem kleinen Nebenraum anbot und nur herausholte, wenn es nicht anders ging.

Tobias Werg war eigentlich nur ein guter Freund, den Gerhard Moser damals eingeladen hatte, da er gut mit Menschen kommunizieren konnte und eine ganze Gruppe mit sich selbst und seinen Geschichten den ganzen Abend zu unterhalten wusste. Gerhard machte mal dies und mal jenes, die meiste Zeit jedoch verdiente er sein Geld mit Schauspielerei, mal am Theater, mal im Fernsehen und oft im Tonstudio. Seine Stimme war gefragt. Eine klare, fast jungenhafte Stimme, die immer gut ankam.

Über die Monate, die man zusammengearbeitet hatte, entstand dann mehr als nur ein geschäftliches Verhältnis. Zwar war Tobias Werg zu dieser Zeit noch verheiratet, doch als sich Gerhard und Tobias näherkamen, war es schnell mit der Heirat vorbei. Tobias war schon immer mehr an Männern interessiert, so ergab sich eben eine Zweisamkeit, die man nur wirklich verstehen kann, wenn man selbst in dieser Situation ist.

Frau Moser hatte sehr schnell begriffen, dass man da nichts machen konnte, als eben sich damit abzufinden, und befreundete sich daher intensiv mit beiden

Männern, die denn auch ihre Freundschaft ebenso intensiv erwiderten. So ergab sich eine Dreisamkeit, die allen Beteiligten Spaß machte und niemandem schadete.

„Constanze, ich weiß nicht, was ich machen soll. Ich habe den ganzen Tag versucht, Tobias zu erreichen, aber er geht nicht ans Telefon. Das ist nicht seine Art. Hat er etwas zu Dir gesagt, was er machen wollte oder so?"

Constanze war Tobias' ehemalige Frau, jetzt Seelenbeichtmutter und Mädchen für all das, was man nur jemanden zumuten konnte, den man gut kannte.

„Nein, wir haben gestern nicht miteinander gesprochen. Warte doch bis morgen, vielleicht ist er irgendwo hingefahren, wo es keinen Empfang gibt. Mach Dir erst mal keine Sorgen. Du weißt doch, er ist öfter unterwegs in letzter Zeit."

„Ich mache mir aber Sorgen und werde jetzt in seine Wohnung fahren. Ich lass Dich wissen, was los ist, wenn ich mit ihm gesprochen habe."

Damit hängte er ab, ohne auf eine Antwort zu warten, nahm seinen Autoschlüssel vom Brett und ging in die Garage, um in die Chiemgaustraße zu fahren.

Kapitel 6

Kommissar Wengler und Armin Staller gingen langsam durch den Gang in Richtung Wohnzimmer. Es war dunkel geworden, die anbrechende Nacht hatte das Regiment übernommen und den Tag abgelöst. Draußen war es klar, windstill und drückend heiß. Es war kein Fenster offen in der Wohnung, die Luft stand in jeder Ecke, als hätte sie jemand in Eimern hineingetragen und einfach dort ausgeschüttet.

Kommissar Wengler war nicht gerade jemand, der jeden Tag seine Dusche brauchte, aber das war ihm zu viel. Sein Hemd klebte an ihm wie eine zweite Haut, Wasser lief in Bächen an ihm herunter und er verfluchte den Tatbestand, dass es in diesem Teil der Welt noch keine Klimaanlage gab.

Man sollte sich einfach irgendwo hinsetzen und literweise Bier in sich hineinschütten, sagte er zu sich selbst in seinen Gedanken, als er den Namen Tobias Werg rief, nur um sicher zu sein, dass auch niemand in der Wohnung war.

Als sie ins Wohnzimmer kamen, machten sie Licht, da die Dunkelheit mittlerweile tiefschwarz und undurchdringlich geworden war. Das Bild, das sich ihnen bot, war so, wie es Frau Pohl beschrieben und von außen gesehen hatte. Die Rollläden des Fensters waren heruntergelassen, davor lag ein Mann in weißer Hose und weißem Hemd, so als würde er sich nur einmal kurz ausruhen und gleich wieder aufstehen.

Blut war ausgelaufen, hatte sich auf der Seite des Toten und seinem Rücken gesammelt und war zu einer dunkelbraunen Masse getrocknet. Der geübte Blick von Kommissar Wengler sagte ihm, dass diese Person, wer immer sie war, nicht wieder aufstehen würde.

„Wir haben einen Toten, Armin. Ruf mal einen Krankenwagen und die Spurensicherung."

„Können wir einmal ein bisschen ein Fenster aufmachen? Ich komm hier sonst noch um."

„Nein, alles bleibt, wie es ist, und schick den Hausmeister nach Hause, den brauchen wir nicht mehr. Halt, ruf ihn doch noch erst mal herein, vielleicht kann er uns sagen, wer der Tote ist."

Noch bevor Armin Staller sich auf den Weg machen konnte, war aufgeregtes Stimmengewirr vor der Tür zu hören. Jemand schien versucht zu haben, in die Wohnung zu kommen, und der Hausmeister hatte es für richtig gehalten, ihn daran zu hindern.

„Armin, schau nach, was da los ist."

Keine Minute später kam Armin mit Gerhard Moser ins Wohnzimmer, wo dieser sich mit einem kurzen, aber heftigen Aufschrei auf die Knie fallen ließ, seine Hände über den Kopf zusammenschlug und in einen Schreikrampf ausbrach.

Kommissar Wengler hatte das oft genug miterlebt und machte Armin Staller mit einem Blick deutlich, den Mann, der am Boden mit seinen beiden Händen seinen Kopf hielt und jetzt nur noch leise schluchzte, erst einmal in Ruhe zu lassen.

Kapitel 7

Die Spurensicherung war eingetroffen und begann ihre Arbeit. Der Kommissar und Armin Staller hatten sich in die Küche gesetzt, der Kommissar hatte sein weißes Notizbuch aufgeschlagen und Notizen über das Geschehene darin gemacht. Der Titel des Büchleins änderte sich von „Fall Pohl" nun zu „Fall Tobias Werg". Auch der Buchrücken bekam nun sein Monogramm, „T.W.", wie Tobias Werg. Eigentlich nicht wichtig, aber wichtig genug für den Kommissar, der in diesem Fall immer sehr eigen war und es für eminent wichtig hielt. Immerhin erinnerte man sich an den Namen des Ermordeten und nicht an einen Zeugen.

Gerhard Moser hatte sich mittlerweile beruhigt und auch am Tisch mit Platz genommen.

Der Kommissar blickte von seinen Notizen auf und Herrn Moser an.

"Warum sind Sie hierher gekommen, ich meine, gerade jetzt?"

Gerhard Moser sah sich um, sah den Kommissar an und Armin Staller, schaute danach in Richtung Wohnzimmer, wo all die vielen Menschen sich daran zu schaffen machten, alle möglichen Spuren aufzunehmen, alles, was wichtig schien, in Plastiktüten zu verpacken und Fingerabdrücke zu sammeln.

Da er das das erste Mal sah, war es für ihn irgendwie interessant, dass ein Leben nun nach den Regeln der Katalogisierung beendet wurde. Man packte ein Leben, das gelebt und gewaltsam zu Ende gegangen war, in Plastiktüten, schrieb irgendetwas darauf und legte es wahrscheinlich früher oder später in eine der Kisten ab, die früher oder später in irgendeinem Archiv landen und vergessen werden würden. Das war es also, das Leben, das man gelebt hatte, war in Kisten zu verstauen und dort der Unendlichkeit zu übergeben. Nicht viel übrig geblieben, keine großartigen Fanfaren auf die Ewigkeit, mit Sicherheit nicht, dachte sich Gerhard Moser.

„Ich machte mir Sorgen um Tobias, da ich den ganzen Tag nichts von ihm gehört hatte. Wir wollten uns heute in der Galerie treffen und normalerweise ist er sehr zuverlässig. Ich meine natürlich, er war immer sehr zuverlässig."

Das -war- betonte er in diesem letzten Satz. Tobias kann nicht mehr zuverlässig sein, er war es gewesen. So wie seine ganze Person nun gewesen war und nicht mehr existierte. Auch sein Leben, seine Mitmenschen, seine Verbindungen zur Welt, alles war gestorben und hatte sein Ende gefunden. Es würden Brüche entstehen, Spalten in der Fläche der Verbindungen, die zuvor ein festes Fundament waren, das es ermöglichte, auf dieser Fläche zu laufen und sein Leben zu meistern. Nun würden Viele in diese Spalten fallen, die sich daran gewöhnt hatten, mit Tobias auf diesem Weg zu sein. Er ist nicht mehr, also müssen andere Menschen diese Risse füllen, um nicht gänzlich verloren zu gehen. Man ist verloren in sich, und nur in sich, wenn man sucht und nicht findet. Und es ist so schwer zu finden.

Das alles ging Gerhard Moser durch den Kopf, als er sich umsah und gewahr wurde, wo er war.

„Wo waren Sie denn heute gegen Mittag?"

„Ist das die Zeit, wo es passiert ist?"

„Beantworten Sie doch bitte meine Frage."

„In der Galerie", sagte Gerhard Moser nicht ohne Unterton, der sein Missfallen über diese Frage zum Ausdruck bringen sollte. Der Kommissar war sich dessen wohl bewusst, ignorierte es aber einfach und fuhr weiter fort, sich Notizen zu machen.

Er sah von seinem Notizbuch auf und Armin an, der interessiert Herrn Moser betrachtete. Irgendetwas kam ihm an seinem Verhalten seltsam vor, er wusste nur noch nicht was, aber das würde sich schon herausstellen.

„Sie waren befreundet mit Tobias Werg, Herr Moser?"

„Nein, wir waren nicht befreundet", wobei er das -befreundet- in etwas provozierender Art herausbrachte.

„Wir haben uns geliebt. Das wollten Sie doch wissen, nicht wahr, Herr Kommissar?"

Damit setzte er sich etwas gestelzt in seinem Stuhl zurecht, sah den Kommissar und seinen Assistenten an, als wollte er sagen, das geht euch gar nichts an, was wir gemacht oder nicht gemacht haben. Das ist unsere Sache und wird auch unsere Sache bleiben, bis über den Tod hinaus.

„Erzählen Sie uns doch mal, wie so Ihr Verhältnis war, Herr Moser. Wir hätten gerne einen Einblick in das Leben des Toten. Oft findet man über das Leben der Opfer die Ursache des Todes, das heißt, eigentlich immer. Es gibt immer eine Geschichte, die mit dem Mord endet, und diese Geschichte versuchen wir zu erfahren, und wenn es geht, nachzuvollziehen, und dabei müssen Sie uns helfen, Herr Moser."

Es entstand eine kurze Pause, um Gerhard Moser die Möglichkeit zu geben, darüber nachzudenken, was der Kommissar gesagt hatte.

„Das ist doch auch in Ihrem Sinne, oder? Sie wollen doch sicher, dass dieser Fall geklärt wird und wir den Schuldigen zur Rechenschaft ziehen können, oder nicht, Herr Moser?"

Herr Moser schien ein wenig weggetreten zu sein, jedenfalls hatte man den Eindruck, als wäre er absolut nicht bei der Sache und mit seinen Gedanken irgendwo, aber nicht in diesem Raum, nicht in dieser Zeit und nicht in dieser Welt.

Was denken die sich eigentlich, sagte er so selbst vor sich hin. Kommen hier in mein Leben und wollen mein Leben auseinandernehmen, nur um ein anderes Leben zu verstehen, das ich nicht einmal verstanden habe, als wir noch zusammen waren. Was bilden die sich eigentlich ein, wissen zu wollen, was so ein Leben ist. In kurzer Zeit feststellen zu wollen, wie man die letzten Jahre verbracht hat und warum es dazu gekommen ist. Welche Anmaßung, welche verdammte Anmaßung.

„Warum sollte ich das tun, Herr Kommissar? Ich habe nichts getan und ich denke, Sie können auch ohne meine Hilfe herausfinden, was passiert ist. Ich habe kein Interesse, das Leben von mir oder Tobias offenzulegen. Kein Interesse."

„Wir werden nicht umhin können, Herr Moser, und wenn Sie uns nicht helfen, muss ich annehmen, dass Sie entweder etwas mit dem Mord zu tun oder etwas Anderes zu verbergen haben. Wie Sie richtig bemerkt haben, Herr Moser, wir werden es auch ohne Sie herausfinden. Es wird ein bisschen länger dauern, aber herausfinden werden wir es. Es wäre also doch in unser beiden Interesse, uns die Arbeit zu vereinfachen."

„War es das? Kann ich jetzt gehen, oder ist das ein Verhör? Wenn es denn ein Verhör ist, müssen Sie mir sagen, weswegen Sie mich verhören, andernfalls werde ich jetzt nach Hause gehen."

Der Kommissar wusste, dass heute nicht mehr mit Gerhard Moser zu reden wäre, sah Armin Staller an und nickte leicht mit dem Kopf. Armin verstand.

Armin dachte sich, vielleicht war es das, was ihn so an Herrn Moser irritierte. Er hatte noch nie einen Mann gesehen, der über den Tod seines Geliebten sinnierte. Frauen ja, und Männer, die ihren verblichenen Frauen nachtrauerten, ja, viele, aber noch nie einen Mann, der einen Mann seine Liebe nannte.

„Herr Moser, ich bringe Sie jetzt hinaus. Bevor wir gehen, hätte ich noch gerne Ihre Adresse und Telefonnummer, damit wir Sie erreichen können."

Kapitel 8

„Wir haben ein bisschen nachgeforscht wegen der Galerie, Herr Kommissar, und sind dabei auf interessante Neuigkeiten gestoßen. Die Galerie war pleite, sollte eigentlich schon lange zu sein, aber der Vermieter hat denen noch Zeit gelassen, bis er einen neuen Mieter gefunden hat."

„Das hat uns aber der Herr Moser nicht erzählt."

Die beiden sahen sich an und dachten sich ihren Teil.

„Noch etwas, wir haben in der Wohnung von Herrn Werg einen Jahrespass zum Müller'schen Volksbad gefunden. Eigentlich nichts Außergewöhnliches, aber ich habe dennoch dort angerufen und gefragt ob die den Herrn Werg kennen, und da hat man mir gesagt, dass die den sehr wohl kennen, da der Herr Werg schon seit Jahren jeden Dienstagvormittag ins Volksbad kommt. Und jetzt raten Sie mal, was dort jeden Dienstag stattfindet."

„Mach's nicht so spannend, was kann denn schon im Volksbad stattfinden."

„Das hab ich denen auch gesagt, also hab ich es mir erklären lassen. Jeden Dienstagvormittag ist das Bad für den regulären Publikumsverkehr geschlossen und nur für Männer geöffnet, die dort, wie Gott sie erschaffen hat, in die Sauna und danach zum Schwimmen gehen."

„Und ich nehme an, dass Herr Moser auch jeden Dienstagvormittag dieses Bad besucht."

„Nicht nur das, die beiden haben sich dort kennen und lieben gelernt. So hat man mir erzählt. Nur, dass diese Liebe in letzter Zeit etwas verflacht war und der Herr Werg sich mit anderen Männern mehr und intensiver unterhalten hat als mit seinem Partner Herrn Moser. Das ging schon ein paar Wochen so und alle haben sich gewundert, warum der Herr Moser nichts dagegen unternimmt. Allerdings gilt dieser Dienstagvormittag auch als Kennenlernbörse, also so ganz ungewöhnlich war es nicht, dass sich da etwas ergeben hat."

„Kennenlernbörse, wie sich das anhört."

„Und noch etwas. Wergs Frau sollte alles, was bei ihrem Exmann zu holen war, bekommen, und das war ziemlich viel, da Tobias Werg angeblich vor zwei Jahren eine ziemlich gute Erbschaft gemacht hat, aber in den letzten Wochen wurde das Testament geändert und Frau Werg geht nun leer aus. Ich habe das unter den Papieren gefunden, die in einem Schließfach lagen, und den Anwalt angerufen, der die Sache bearbeitet hat. Und jetzt raten Sie mal, wer der neue Nutznießer ist."

„Keine Ahnung, wahrscheinlich der Moser."

„Hab ich auch gedacht, aber weit entfernt. Der bekommt auch nichts. Es ist eine Frau Maria Brand, wohnhaft in einem Sanatorium am Starnberger See, dem Willibald-Haus. Ich habe dort schon angerufen und nach ihr gefragt und wir können morgen dorthin fahren und sie besuchen. Es wird nicht einfach sein, mit ihr zu sprechen, aber es wird gehen, hat die Dame am Telefon gesagt."

„Ist das alles?"

„Ja, aber wir hatten noch keine Zeit, die Leute im Theater oder im Rundfunk zu befragen, da könnte es auch noch etwas geben."

„Ich glaube, das reicht für den Anfang. Dieser Herr Werg hatte ein komplizierteres Leben, als es aussieht."

Der Kommissar lehnte sich in seinem Stuhl zurück, blickte aus dem offenen Fenster, das wie immer keine Kühlung brachte, an einem weiteren heißen Rekordtag, wie man diese Tage mit Affenhitze mittlerweile bezeichnete. Er hatte genug von diesen Rekorden und sehnte sich nach einer Dusche, entweder zu Hause oder von oben, Hauptsache kalt und ergiebig.

Er öffnete sein Hemd, nahm einen Hefter und fächelte sich Luft zu, heiße Luft, wie sich herausstellte, die keine Erleichterung brachte. Der Schweiß lief ihm übers Gesicht, auf dem Rücken, auf der Brust und eigentlich aus allen Poren, die in seinem Alter für Transpiration noch offen waren. Er hätte nicht gedacht, dass es derer noch so viele gab.

Kapitel 9

„Frau Werg, wie war eigentlich das Verhältnis zu Ihrem Mann in letzter Zeit?"

Frau Werg wurde ins Büro gerufen. Sie nahm am Schreibtisch von Kommissar Wengler Platz. Man wollte sich ein besseres Bild über das Leben, und damit auch das Ableben, des Opfers machen und normalerweise gibt es keine bessere Quelle für diese Art von Wissen als die Ehefrau, sei es auch die ehemalige Ehefrau, oder gerade die ehemalige Ehefrau.

„Frau Brunner, bitte, Constanze Brunner. Ich habe meinen Mädchennamen wieder angenommen. Ich wollte ein neues Leben beginnen und da hilft es sehr, wenn man auch einen neuen Namen hat."

Frau Brunner war eine Mittdreißigerin, brünett, etwas vollschlank, aber nicht dick, mit kleinem, rundem Gesicht und einer noch kleineren, fast zu übersehenden Nase. Die Augen sahen sehr groß aus und wach. Man konnte ihr sicher nicht so leicht etwas vormachen. Sie war heftig geschminkt, man sah, dass sie eine gute Schicht von Creme oder so etwas Ähnliches auf ihr Gesicht aufgetragen hatte. Die Augen waren schwarz umrandet, was sie sogar noch größer aussehen ließ, als sie ohnehin waren. Landläufig konnte man sie ohne Weiteres als hübsch bezeichnen. Sie war auf der Suche, das war sicher. Sie wollte den Rest ihres Lebens nicht alleine bleiben.

Die Hitze im Büro machte ihr scheinbar nichts aus, da man keinen Schweiß auf ihrer Stirn sah, was allerdings auch mit der Dicke der Farbschicht zu tun haben konnte. Jedenfalls schaute der Kommissar sie angestrengt an und wartete, dass endlich einmal eine, wenn auch nur winzige, Schweißperle auftauchte. Irgendwo, egal, aber er fand es nicht fair, dass bei ihm immer das Wasser in Strömen lief und bei ihr nicht.

„Was sehen Sie mich so an, Herr Kommissar. Habe ich etwas im Gesicht?"

Damit holte sie sich einen kleinen Schminkspiegel aus der Handtasche, der Teil einer Puderdose war. Mit offener Dose nahm sie den Wattebausch und tupfte dorthin und dahin, wo immer sie dachte, die Fassade reparieren zu müssen.

„Nein, nein, Sie haben nichts in Ihrem Gesicht. Ich versuche nur zu erraten, was Menschen denken, wenn sie hier sitzen, und manchmal bekomme ich einen Eindruck davon, wenn ich diese Menschen intensiv ansehe. Wissen Sie, das Gesicht verrät sehr viel, viel mehr als man denkt, und wenn man gelernt hat, in Gesichtern zu lesen, sind sie oft wie ein offenes Buch. Bei Ihnen allerdings bin ich mir noch nicht so richtig im Klaren, was ich denken soll. Ihr Buch hat sich für mich noch nicht geöffnet."

Es entstand eine Pause, in der der Kommissar sich um sein Notizbuch kümmerte und Frau Brunner scheinbar nachdenken musste.

Constanze Brunner sah auf den Boden, und wäre ihr Antlitz nicht mit Farbe zugemalt gewesen, hätte man die Röte gesehen, die plötzlich in ihr Gesicht stieg. So aber sah niemand, wie nervös sie geworden war, als sie der Kommissar so angesehen hatte. Sie konnte es noch nie ertragen, wenn man sie so ansah, schon als kleines Mädchen nicht und auch nicht als junge Frau. Sie hatte mehr Hemmungen und Komplexe, als man von einem einigermaßen normal und hübsch aussehenden Mädchen gedacht hätte.

„Tobias, ich meine, Herr Werg und ich, wir haben uns in aller Freundschaft getrennt, müssen Sie wissen. Es war uns nicht mehr möglich, zusammenzuwohnen, nachdem er endlich zugeben musste, dass ihm Männer mehr bedeuten als ich, oder Frauen im Allgemeinen. Ich habe das sehr gut verstanden und hatte nie eine schlechte Meinung von ihm. Schon gar nicht deswegen. Wir haben uns noch viele Male getroffen, er hat mich immer um Rat gefragt, wenn er nicht genau wusste, was er machen sollte."

„Haben Sie gewusst, dass die Galerie pleite war und er sich von Herrn Moser trennen wollte?"

„Ja, natürlich. Davon war schon seit Langem die Rede. Er hatte da jemand Neuen kennen gelernt, ich glaube im Volksbad, wo sich die immer treffen jeden Dienstagmorgen."

„Werden Sie etwas erben, jetzt, nachdem ihr Exmann gestorben ist?"

„Nein, bestimmt nicht. Soviel ich weiß, hat er das Testament geändert, aber das ist mir auch egal, ich brauche sein Geld nicht, ich habe selbst ein gutes Auskommen. Auch Gerhard wird nichts bekommen, aber der dürfte davon noch nichts wissen. Wir haben erst letzte Woche davon gesprochen und er hat es mir damals gesagt und mich gefragt, was ich davon halte. Ich habe ihm gesagt, dass er wissen muss, was er tut, und wenn er meint, dass der Gerhard nichts bekommt, dann wird das wohl so sein. Außerdem war er ja noch relativ jung und wir wussten ja nicht, dass er nicht mehr lange zu leben hatte, also war das keine große Sache."

Es entstand eine Pause, in der sich der Kommissar wie immer seine Notizen machte und, ohne aufzusehen, alles in sein Buch schrieb.

„Sie wollten mich testen, Herr Kommissar, Sie wollten wissen, ob ich einen Grund gehabt hätte, Tobias zu töten, aber seien Sie versichert, dass das das Letzte gewesen wäre, was ich hätte tun können. Ich habe ihn auf meine Art immer noch geliebt und er mich auch, wenn Sie das verstehen. Wir konnten kein Paar mehr sein, wie man eben ein Paar ist als Mann und Frau, aber wir haben uns dennoch geliebt. Ich war auch nicht eifersüchtig auf seine Liebschaften, da ich es nicht nachvollziehen kann, was in einem Menschen vorgeht, der sein eigenes Geschlecht liebt, aber wie er mir das immer so geschildert hat, muss es mindestens so wundervoll gewesen sein wie unter sogenannten normalen Menschen. Vielleicht sogar noch intensiver, da die Auswahl nicht so groß ist und man mit seiner Liebe noch vorsichtiger umgehen muss. Man kann sich nicht einfach so trennen und jemand Neuen suchen, also macht es diese Beziehung noch wertvoller. Wenn Sie verstehen, was ich meine."

Damit setzte sich Frau Brunner aufrecht hin und sah Armin Staller an, der am Schreibtisch gegenüber, in ihrem Rücken, saß und alles aufmerksam mitgehört hatte. Fast sah es so aus, als wäre es ihr peinlich gewesen, so offen in seiner Anwesenheit zu reden.

Kapitel 10

„Armin, hast du inzwischen herausgefunden, wer der Neue ist, den Tobias Werg gefunden hat?"

Es war später Nachmittag geworden und es sah so aus, als wollte der Himmel endlich einmal explodieren und seine ganze Kraft und Stärke hemmungslos auf die Menschheit loslassen. Es bildeten sich tiefschwarze, fast dunkelschwarze Wolken und dann wieder dunkelgelb und stahlblau, die tief über dem Boden hingen, zum Anfassen nahe. Sie zogen vorbei, überholten sich, wirbelten zurück und wieder vorwärts, gingen hoch und versuchten vergeblich, auf den Boden zu fallen. Es donnerte in der Ferne und man sah auch ein Leuchten hin und wieder, das irgendwo um die Stadt herum aufflammte wie ein böses Vorzeichen einer Ahnung, etwas Schlimmes, das sich bald erfüllen sollte. Es war Weltuntergangsstimmung, als sollte das die letzte Stunde sein und die Natur alles für diesen Moment aufgeboten haben, was sie auch nur aufbieten konnte. Wie es immer war in solchen Wetterphasen, war alles dann plötzlich gänzlich ruhig, der Wind war gestorben und nicht vorhanden, die Luft vibrierte wie elektrisch geladen und man hätte meinen können, dass alles jeden Augenblick in einem großen Knall endete. Dann fielen große, schwere Tropfen, Tropfen, die so groß wie Handteller waren, wie aus einem Glas Wasser, das man ausgeschüttet hatte. Wenige erst, sehr wenige nur hin und wieder. Diese Tropfen wurden mehr und mehr und innerhalb kürzester Zeit brach das Inferno los.

Kommissar Wengler schaffte es gerade noch, das Fenster zu schließen, bevor die ersten dieser Tropfen auf die Straße klatschten und unweigerlich sofort verdampften. Innerhalb weniger Sekunden brach es dann los und die ganze Stadt stand unter dem aus den Wolken ausbrechenden Wasserschwall, der nicht aufzuhören schien. Man sah nicht weiter als vor die Scheibe am Fenster.

Passanten, die es nicht geschafft hatten, sich in Sicherheit zu bringen, waren in kürzester Zeit nass bis auf die Haut, was jedoch bei der anfangs noch andauernden Hitze ein willkommenes Gefühl bescherte, das erst nachließ, als die Temperaturen schlagartig mit dem Wetter abfielen.

Kommissar Wengler stand am Fenster und sah alledem in Ruhe und Trockenheit zu, dachte nach, was die ehemalige Frau von Tobias Werg sagen wollte, wo die Zusammenhänge waren mit der Änderung des Testaments, was die Rolle des Freundes war, der nach so langer Zeit nicht mehr Freund und Geliebter sein durfte, was es mit diesem Mord überhaupt auf sich hatte.

Es waren noch viele kleine Details, die geklärt werden mussten, viele Unstimmigkeiten, die keinen Sinn machten, und zu viele Lügen, die aussortiert und von der Wahrheit getrennt werden mussten. Es gab noch viel zu tun, das Notizbuch von Kommissar Wengler hatte erst ein paar beschriebene Seiten und mehr Fragezeichen als Fakten.

Kapitel 11

„Wir würden gerne mit Frau Brand sprechen, bitte."

Kommissar Wengler und sein Assistent Armin waren an den Starnberger See gefahren. Der Anwalt, Maximilian Gruber von der Kanzlei Gruber und Partner, der das Testament aufgesetzt hatte und auch die Aufgabe hatte, nach dem Ableben von Tobias Werg dieses zu öffnen und den eingesetzten Erben ihr Recht zukommen zu lassen, hatte ihnen die Adresse dieses Seniorenheims genannt, wo sie Frau Maria Brand treffen würden, die den Großteil des Erbes zugesprochen bekam.

Es war ein schönes, gediegenes Haus, wenn es denn ein schönes, gediegenes Haus gibt, in dem man auf sein Ableben wartet. Es war eines der Häuser, in die man einzieht und genau weiß, dass man von dort nicht mehr ausziehen wird, außer eben in einer mehr oder weniger schönen Kiste aus Holz. In diesem Fall und diesem Haus voraussichtlich Mahagoni. Das Schizophrene war, dass die Meisten, die dort einzogen, es jedoch nicht wussten.

Die alte Villa aus der Anfangszeit des neunzehnten Jahrhunderts war prächtig renoviert, in blassgelber Farbe getüncht, mit weißen Fensterrahmen, ebenso weißen Fensterläden und einem dunkelrotem Walmdach. Das Erdgeschoss hatte französische Türen, die auf eine Terrasse führten, welche mit Terrakottasteinen belegt, sowie einer kleinen Mauer umfasst war.

Von der Terrasse aus öffnete sich alles in einen wunderschönen Park mit altem Baumbestand, sattgrünem Rasen, Rosenrabatten, Himbeersträuchern und Kieswegen mit weiß angestrichenen Parkbänken, die etwa alle zwanzig Meter entlang des Weges aufgestellt waren. Daneben hatte man jeweils eine antik aussehende, weiße Parklampe postiert, die mit einem kleinen Leuchtstrumpf warmes Gaslicht verteilte. Das Gaslicht war Tag und Nacht an und gab sogar an einem hellen Tag wie diesem seine Wärme an die Umgebung ab. Es sah aus wie ein Paradies auf Erden, das am Ende von hohen Tannen und Fichten umgeben war und eine Einsamkeit und endgültige Schönheit schuf, die man auch im Himmel erwarten könnte.

Man hatte auf der Terrasse Platz genommen. Frau Dr. Gerber hatte Kaffee bringen lassen und sich mit den beiden zusammengesetzt, um zu erfahren, was genau sie denn wollten.

„Wir wollten mit Frau Brand reden und hofften zu erfahren, was es mit der Erbschaft auf sich hat, die sie nun macht, wenn Herr Werg nicht mehr ist. Wir wollen ganz einfach wissen, wie das zusammenhängt."

„Das kann ich Ihnen nicht sagen, außer, dass Herr Werg bisher immer pünktlich die Kosten jeden Monat beglichen hat, seitdem Frau Brand in unserem Hause ist. Eigentlich nicht Herr Werg, sondern ein Anwalt, sein Name ist Gruber, glaube ich, Kanzlei Gruber und Partner."

„Das wissen wir, Frau Gerber, von ihm haben wir die Adresse dieses schönen Hauses hier."

„Ja, es ist schön hier, sehr schön sogar, wenn man allerdings bedenkt, warum dieses Haus besteht, ist es nicht mehr so schön, hier zu sein. Niemand, der hierherkommt, verlässt es wieder, außer, um in die Ewigkeit entlassen zu werden. Die Menschen kommen in unser Paradies, um ihre letzten Tage in Schönheit und Ruhe zu verbringen, abgeschieden von der Welt, die sie bald zu verlassen haben. Warum ihnen also nicht noch die letzten Tage so angenehm wie möglich machen. Das ist unsere Aufgabe hier, das Unausweichliche so schön wie möglich zu machen."

„Ist Frau Brand auch hier, um ihre letzten Tage zu verbringen?"

„Aber ja, sie kam vor etwa acht Monaten, Herr Werg hatte uns angerufen und uns gefragt, ob wir noch ein Zimmer frei hätten, und da gerade eines frei wurde und er die Bedingungen erfüllte, die nötig sind, um hier aufgenommen zu werden, haben wir Frau Brand aufgenommen."

„Welche Bedingungen sind das denn?"

„Sie müssen sicherstellen, dass der Aufenthalt bezahlt werden kann. Wir stellen hohe Ansprüche an das Personal und dementsprechend kostet es viel Geld, dieses Personal zu unterhalten. Normalerweise holen wir auch Referenzen über neue Bewohner ein, Bankauskünfte und so weiter. In diesem Fall wurde eine Stiftung angelegt, aus der wir jeden Monat den Betrag bekommen, den wir in Rechnung stellen. Sollte Frau Brand den unvermeidlichen Weg des Ablebens nehmen, wird diese Stiftung aufgelöst und der Restbetrag geht als Vermögen an die Einrichtung, mit dem wir dann Projekte finanzieren, die normalerweise nicht in Rechnung gestellt werden können. Das ist ganz klar geregelt und wird auch pedantisch kontrolliert."

„Und was hat Frau Brand hierher gebracht?"

„Demenz. Im Endstadium. Wenn Sie sich mit ihr unterhalten, werden Sie nicht viel aus ihr herausbringen. Sie wird vergessen haben, was Sie gesagt haben, und das, bevor Sie den nächsten Satz gesagt haben. Das Kurzzeitgedächtnis verlässt uns als Erstes, müssen Sie wissen. Wir wissen dann nicht mehr, wer wir sind, was wir machen, haben keine Ahnung mehr, welcher Tag es ist, ob es morgens ist oder abends, warum die Sonne scheint oder es regnet. Und es ist ihnen auch egal, da sie in einer Welt leben, die nur ihre eigene ist, in der nur sie alleine leben und niemand Anderer. Sie erinnern sich an Dinge, die vor langer, langer Zeit passiert sind und schon lange keine Relevanz mehr haben, aber sie wissen nichts mit der Aussage anzufangen, dass jetzt Essenszeit ist. Manche sitzen einfach da, starren in den Boden und sehen in sich selbst, abgetrennt von allem Weltlichen, und können auch durch nichts gestört werden. Sie sind der Welt entrückt, wie man so sagt, haben unsere hiesige Welt verlassen und ihre eigene gefunden. Dann kommen die Halluzinationen, vor allem optische Halluzinationen. Typischerweise sehen die Patienten zunächst vor allem im Zwielicht der Dämmerung nicht anwesende Personen, mit denen sie mitunter sogar Gespräche führen. Sie können sich in diesem Stadium meist von ihren Halluzinationen distanzieren, das heißt, sie wissen, dass die Personen, mit denen sie sprechen, nicht anwesend sind. Später sehen sie Tiere oder Fabelwesen, Muster an den Wänden, Staubfuseln. Schließlich erleben sie groteske, meist bedrohliche Dinge, zum Beispiel Entführungen. Diese szenischen Halluzinationen sind in der Regel sehr angstgefärbt. Die Patienten werden nicht selten aggressiv, wenn Angehörige und Pflegende sich in bester Absicht nähern.

Das ist das Endstadium. Die lassen niemandem mehr an sich heran. Man hat keine Möglichkeit mehr, mit ihnen zu kommunizieren, auch wenn sie es wollten. Sie hören Sie nicht. Ihr Gehirn verfällt, löst sich auf und wir können nichts dagegen tun. Nichts, und das ist mindestens so schlimm für uns wie für die armen Menschen, die damit leben müssen."

Inzwischen war Frau Brand erschienen, geführt von einer Krankenschwester in blütenweißem Kittel und weißer Haube mit blauem Rand. Eine elegante Erscheinung, die man hier in diesem Haus, das mehr ein kleines Schloss als ein Sanatorium war, auch erwarten konnte.

„Versuchen Sie, sich in die Gefühlswelt dieser Menschen hineinzuversetzen, dann fällt es Ihnen leichter, mir ihr zu kommunizieren. Sie müssen wissen, dass für Demenzkranke die Welt merkwürdig und unverständlich aussieht, weil sie die spezifische menschliche Wahrnehmungsfähigkeit, die Orientierung, die ihnen die Richtung vorgibt, verlieren. Sie können die Gegenstände, Situationen und Personen nicht mehr richtig einordnen. Aufgrund ihrer Erinnerungsstörungen ist ihnen der Zugriff auf früheres Wissen und Erlebnisse verwehrt, um sich mit deren Hilfe in der jetzigen Situation zurechtzufinden. Oft verschwimmt der Unterschied zwischen Traum, Vergangenheit und Realität. Halten Sie das bitte im Sinn, wenn Sie mit ihr reden."

Frau Brand war sicher einmal eine hübsche Frau gewesen. Ihre Züge waren fein und etwas streng, zeugten aber von einer gewissen Grazie, die man nur bei Frauen entdeckte, die einmal stolz und aufrecht durchs Leben gegangen waren. Mittlerweile hatte die Zeit das ihrige dazu beigetragen diese Züge mehr heraustreten zu lassen, und die Geschmeidigkeit der Haut hatte der Strenge Platz gemacht, die ihr Leben lang unter der Haut und unsichtbar gewesen war. Zu dieser Strenge trugen auch die perfekt stilisierten Haare bei, die nach hinten gebunden und dort mit einer großen, hellroten Schleife zusammengebunden waren.

Angezogen war sie mit einem beigen Hosenanzug, der aus der besten Boutique in München hätte stammen können. Sie sah aus wie ein Model, schlank, groß und gerade gewachsen, wie jemand, der jetzt mal gerade hier zu Besuch war und morgen in die weite Welt fuhr und ein weiteres Abenteuer unternahm. Eine Safari vielleicht, oder einen Besuch im Taj Mahal.

Man hatte den Eindruck, dass sie wusste, was mit ihr los war, wenn Frau Doktor Gerber das auch bestritt und nicht für möglich hielt. Nur was wissen wir schon, wie es tief im Innersten dieser Menschen aussieht, welche Gedanken sie haben und welche sie auszusprechen im Stande sind. Vielleicht schreien sie im Inneren um Hilfe, dass sie endlich das sagen wollen, was ihnen wichtig ist, und es nicht können, da die

Verbindung von Kopf und Stimme nicht mehr gegeben ist.

Sie sind wütend auf sich selbst und ihre Hilflosigkeit, sich dem Leben zu stellen. Sie wollen nicht bemitleidet werden, sie wollen leben und teilhaben. Und sie können es nicht. Was wissen wir schon, wie sie kämpfen, keine Ausgestoßenen zu sein. Was wissen wir schon von dem Inneren der Menschen, wo wir doch mit uns selbst und unserem eigensten Inneren jeden Tag zu kämpfen haben.

Ihre Ahnungen waren sicher schon weit vorher eingetreten und hatten das Gesicht verändert, bevor sie wirklich die Konsequenzen erfahren musste. Manchmal wissen wir mehr, als wir wissen sollten, auch wenn wir es innerlich abstreiten und es mit niemandem teilen, aber wir wissen es, wir sagen es niemandem, aus welchem Grund auch immer, aber wir können es vor uns selbst nicht leugnen und mit den Jahren kann unser Ausdruck es auch der Welt nicht mehr verleugnen.

Frau Brand setzte sich mit an den Tisch, die Krankenschwester entschuldigte sich und ging zurück ins Haus. Armin konnte nicht umhin, ihr nachzusehen. Sie war eine attraktive Erscheinung, und wenn man krank werden sollte, dachte Armin bei sich selbst, konnte sie einem sicher dabei helfen, schnell wieder gesund zu werden, und sei es auch nur, um wieder in die Welt zurückzukehren, die solche hübschen Mädchen zu bieten hatte.

Armin wurde jäh aus seinen Gedanken gerissen. Frau Brand fing an zu reden, ohne dass jemand sie dazu aufgefordert hätte.

„Gestern war mein Mann hier und hat mir erzählt, dass er mich in Kürze wieder abholt und nach Hause bringt. Nur noch ein paar Tage, hat er gesagt, ich muss nur noch ein paar Tage warten. Es ist ja schön hier im Hotel, aber zu Hause ist es immer noch am schönsten, finden Sie nicht auch?"

Sie richtete die Frage nicht an eine Person, sondern mehr in die Runde oder in die Weite der Erinnerung.

Ihre Stimme war leise, aber bestimmt. Man hörte, dass sie keine Widerrede zu dulden gewillt war. So war es wohl immer gewesen in ihrem Leben und diese Gewohnheit hatte sie sogar in ihre Abgeschlossenheit mitgenommen.

Damit sah Frau Brand sich in der Runde um und lächelte in sich hinein, den Kopf leicht gesenkt, als wollte sie damit ausdrücken, dass sie an ihr Zuhause denkt, an den Garten, an die Blumen, die schönen Stunden mit ihrem Mann und die einsame Zweisamkeit einer Liebe. Was sie wirklich dachte, entzog sich allen Beteiligten.

„Ihr Mann ist vor zweiundzwanzig Jahren gestorben", sagte Frau Doktor Gerber leise zum Kommissar und sah wieder Frau Brand an.

„Die eine Frau, die immer im grauen Mantel herumläuft, die isst mir immer meinen Kuchen weg am Nachmittag. Ich muss jetzt wieder gehen, damit sie mir nicht wieder meinen Kuchen wegisst. Ich habe ihr das schon so oft gesagt, aber sie will nicht hören."

Sie hatte für kurze Zeit ihren Kopf gehoben und diese Sätze in die Runde gesagt, anklagend und etwas laut, so als müsste sie sich entschuldigen für etwas,

was sie nicht getan hatte. Danach fiel sie wieder zurück in die Position des verinnerlichten Denkens, die Hände auf den Schoß gefaltet und ab und zu schwer atmend. Ihr Körper fing an, leicht zu zittern, man hatte das Gefühl, sie war nicht mehr ganz Herr ihres Körpers.

„Im Hotel sind keine Tiere erwünscht, hat man mir gesagt. Und wir haben doch immer einen Hund gehabt. Ich musste ihn zu Hause lassen, als wir hierher kamen. Es bricht mir fast das Herz, daran zu denken, dass mein Hund nicht hier ist."

„Auch das ist lange her, Herr Kommissar, sie hat keinen Hund. Vielleicht verstehen Sie jetzt, was ich meine, dass Ihnen Frau Brand hier nicht weiterhelfen kann."

„Ich glaube, sie hat mir sehr geholfen, Frau Doktor, mehr als sie vielleicht wollte. Ich werde jetzt herausfinden, warum sie hier ist und was Herr Werg mit ihr zu tun hatte. Jemand, der einen Menschen in ihrem Zustand hierher bringt, muss einen sehr guten Grund gehabt haben, finden Sie nicht?"

„Da haben Sie recht, Herr Kommissar, da haben Sie recht. Herr Weg hatte sicher ein gutes Herz, als er das tat."

„Wissen Sie, wo sie vorher gewohnt hat, ich meine, bevor sie hier eingeliefert wurde?"

„Nein, Herr Kommissar, das wissen wir nicht. Das Leben für diese Menschen fängt hier an, zu Ende zu gehen, da ist es nicht von Bedeutung, wo sie herkommen. Ich glaube, ihre letzte Adresse war irgendwo in

Nürnberg, wenn es Sie interessiert, kann ich es Ihnen heraussuchen lassen."

„Das wäre nett, danke."

Man verabschiedete sich, nicht ohne ein bedrückendes Gefühl und Angst davor zu haben, auch einmal in diese Situation zu kommen und nicht das Geld zu haben, in einem dieser gepflegten Häuser unterkommen zu können, in denen man sich bis zum letzten Atemzug kümmerte, als wäre es die eigene Familie.

Oder vielleicht sogar noch viel besser. Die Familie ist heute mit Sicherheit keine Garantie mehr für Fürsorge und Liebe, so wie es einmal war, vor langer Zeit. Sonst gäbe es Häuser wie diese nicht, sie wären leer und niemand würde dafür bezahlen, umsorgt zu werden. Mit diesen Gedanken fuhren der Kommissar und sein Assistent zurück nach München.

Es war wieder heiß geworden. Der gestrige Tag hatte nur für ganz kurze Zeit Abkühlung gebracht, und als der Regen aufgehört hatte, verdunstete das Wasser von den wochenlang erhitzten Straßen und Plätzen und tauchte die Stadt in ein Dampfbad, das einen schwer atmen ließ. Hier im Auto gab es eine Klimaanlage und das genoss der Kommissar sichtlich, worauf Armin sich zu der Bemerkung hinreißen ließ: "Nein, Sie können hier nicht übernachten."

Sie lächelten sich an und schwiegen den Rest der Fahrt. Was gibt es viel zu sagen, wenn man gesehen hat, wie schnell man das Sagen verlieren kann.

Kapitel 12

Armin Staller hatte über den Hausmeister im Müller'schen Volksbad herausgefunden, wer mit Tobias Werg in letzter Zeit engeren Kontakt hatte. Der Hausmeister wusste Bescheid, da er nicht nur der Hausmeister war, sondern oft auch schlichten musste, wenn wieder einmal die Gefühle weit überspannt waren und die Regeln der Vernunft über Bord geworfen wurden. Es gab des Öfteren Tränen, und bevor diese Tragödien dann Shakespeare-Charakter annahmen und die Toten reihenweise umzufallen drohten, griff er ein und separierte die Parteien. Dies war möglich für ihn, da er in seinem früheren Leben Gewichtheber gewesen war, einhundertachtzig Kilo Muskeln auf die Waage brachte und jeder ihm dadurch den gebührenden Respekt zollte.

Gerhard Moser war dagegen in der Beziehung, Licht in das Leben von Tobias Werg zu bringen, nicht sehr kooperativ, obwohl seine Gebärden und sein ganzes Erscheinen auf diese Frage keinen Zweifel zuließen, dass er wusste, von wem man redete, dies aber lieber für sich behalten wollte. Konnte man verstehen und wieder auch nicht. Er hatte seine Liebe verloren, oder war dabei, sie zu verlieren, und wer möchte schon im Detail wissen, an wen er diese Liebe verliert. Auch wenn der Verlassene meist der Grund ist, verlassen zu werden, haben es die Verlassenen oft am Schwersten, darüber hinwegzukommen.

Der Schuldige für die Misere des Gerhard Moser war Bernd Hofstetter, ein junger Mann in den Zwanzigern, gut gewachsen, mit vollen blonden Haaren und einem kantigen Gesicht mit einem kleinen Oberlippenbart. Er wohne im Arabellahaus, hatte ihnen der Bademeister gesagt, einem Apartmenthaus am Mittleren Ring, nicht weit weg vom Englischen Garten.

Der Kommissar und sein Assistent klingelten an dem Schild mit seinem Namen, das in Häusern wie diesem in eine Messingplatte eingraviert war. Das war der Preis des Wohlstands, man zahlte eben etwas mehr. Auch für das Namensschild.

Die Gegensprechanlage, einschließlich des High-Definition-Fernsehbildes schaltete sich ein und ein junger Mann, viel jünger, als er vom Hausmeister beschrieben worden war, meldete sich und fragte, wer da sei und was man wolle.

„Wir möchten Herrn Hofstetter sprechen. Kriminalpolizei München, machen Sie uns bitte auf."

Dabei hielt der Kommissar seinen Ausweis direkt vor die Kamera, damit erst gar keine Zweifel aufkommen konnten.

Das Bild schaltete sich aus, der Ton war nur noch ein undefiniertes Rauschen. Der Kommissar und Armin Staller sahen sich gegenseitig an und fragten sich, was nun zu tun wäre. Nach einigen Sekunden schaltete sich das Bild wieder ein und diesmal stand ein Anderer, der Beschreibung des Bademeisters nach Bernd Hofstetter, in einem schwarzen, seidenen Morgenmantel an der Tür und entschuldigte sich, dass er nicht sofort erschienen war und man ihm doch bitte ein paar Minuten Zeit geben sollte, er würde in Kürze wieder zurückkommen.

Wieder war das Bild weg, ohne dass jemand von den beiden irgendetwas sagen konnte. Nun standen sie also an der Tür und warteten. Die Minuten vergingen und fast hätte der Kommissar zur Verstärkung ein paar Kollegen angerufen, als das Bild wieder erschien und ein gut gekleideter junger Herr mit blonden Haaren sagte, man solle doch bitte in den zwölften Stock fahren, er würde sie erwarten.

„Guten Tag, meine Herren, entschuldigen Sie bitte die Verspätung, aber ich war noch nicht ganz angezogen."

„Es ist zwei Uhr Nachmittags, Herr Hofstetter."

„Ja ich weiß, aber ich habe einen anderen Lebensrhythmus als normale Menschen, ich lebe meistens nachts, also verschlafe ich den Tag. Was kann ich denn für Sie tun? Habe ich falsch geparkt? Aber nein, ich weiß natürlich, warum Sie hier sind. Kommen Sie doch weiter."

Damit führte Bernd Hofstetter seinen Besuch in sein Apartment und bot ihnen einen Stuhl in seinem Wohnzimmer an. Das Apartment war aufgeräumt, als hätte es nie jemand Anderen hier gegeben als den Bewohner selbst. Keine Gläser, kein Geschirr, keine Kleider, die herumlagen, nichts. Es war so gut gemacht, man hätte denken können, hier gäbe es etwas zu verbergen.

„Sie haben Tobias Werg gut gekannt, Herr Hofstetter?"

„Ja, Tobias, ja, den habe ich gekannt, nicht sehr gut, aber gekannt, ja. Schreckliche Geschichte. Ein Freund von mir hat mich angerufen und es mir erzählt. Wissen Sie schon, wie es passiert ist?"

Seine Stimme war eine höhere Tonlage, als man es seinem Aussehen nach vermuten konnte. Nicht dass es den Kommissar irritierte, es fiel ihm nur auf. Auch schien er sich jedes Wort gut zu überlegen, bevor er es aussprach.

„Das versuchen wir gerade herauszufinden und deswegen sind wir hier. Wie gut haben Sie denn Herrn Werg gekannt?"

„Nicht sehr gut eigentlich, wie ich schon sagte. Wir waren immer am Dienstagmorgen in der Sauna zusammen, im Müller'schen Volksbad, und dann sind wir ein paar Male zum Essen gegangen, beim Italiener in der Türkenstraße. Er mochte das Lokal, war Stammgast dort, wir hatten immer einen speziellen Platz, ein bisschen weg von der Menge, in einer kleinen, gemütlichen Ecke, abgetrennt mit einer Stellwand. Das Essen dort war ausgezeichnet. Auch der Kellner war sehr hübsch, wenn Sie wissen, was ich meine."

Bernd Hofstetter schien nachzudenken oder sich zu erinnern, jedenfalls wurde seine Stimme immer leiser, je länger er sprach, und er schien immer weiter weg zu sein in seinem Kopf, je mehr er nachdachte. Dann sah er plötzlich auf, als ob nichts gewesen wäre, und fragte, ob man denn etwas trinken wolle.

„Nein, wir wollen nichts trinken, danke. Uns wurde berichtet, dass Sie der neue Freund gewesen sein sollen und Tobias Werg seinen Freund Gerhard Moser wegen Ihnen verlassen wollte."

„Das stimmt nicht, Herr Kommissar, ganz bestimmt nicht. Ich mochte Tobias, ja, aber glauben Sie mir, er war etwas zu alt für mich. Ich bin fast zehn Jahre jünger als er. Auch habe ich einen komplett anderen Lebensstil, als Tobias ihn hatte. Wie ich Ihnen schon gesagt habe, lebe ich meistens nachts und er musste immer tagsüber arbeiten. Irgendwas mit Schauspielerei oder so, genau habe ich das nie verstanden, war mir auch nicht wichtig. Ich wollte nie mit ihm zusammenleben oder so was, davon war nie die Rede."

Bernd Hofstetter fing an, an seinen Fingernägeln zu kauen und in den Boden zu sehen, anstatt den Kommissar oder seinen Assistenten zu beachten.

„In Wirklichkeit, Herr Kommissar", und dabei sah er erst den Kommissar und dann Armin Staller an, „in Wirklichkeit haben wir nur eine, na ja, eine mehr oder weniger geschäftliche Beziehung gehabt. Ich meine, er hat dafür bezahlt, bei mir zu sein, hier in diesem Apartment, im Lokal oder wo immer wir waren. Alle, die hierherkommen, bezahlen dafür und davon lebe ich. Es war keine Beziehung, wie Sie es sich denken."

„So, Herr Werg war hier nur für Sex?"

„Nein, nein, das nicht. Wissen Sie, wir sind ein bisschen anders, als es bei Mann und Frau ist, wir denken nicht nur an Sex, auch wenn man uns das immer nachsagt und außerhalb unserer Kreise das immer annimmt. Wir haben viel geredet, stundenlang, er brauchte die Nähe, er brauchte Zärtlichkeit, etwas,

was er bei seinem Freund nicht bekommen konnte, oder besser nicht mehr bekommen konnte", wobei er das „mehr" etwas betonte.

„Ich glaube, er hat sich viel mit ihm gestritten in letzter Zeit, er hat mir immer von all den Problemen erzählt, den finanziellen Problemen vor allem. Er wollte die Galerie auflösen und endlich damit Ruhe haben. Und da war noch etwas, was er mir nicht erzählen wollte, was ihn aber sehr bedrückt hat. Sein Freund hat ihn immer wieder unter Druck gesetzt, aber trotzdem hat er Angst davor gehabt, ihn zu verlassen. Er meinte, er könne das nicht tun, da er nicht wisse, zu was sein Freund dann in der Lage wäre und so. Wissen Sie, nur wir können wirklich verstehen, was in so einem Menschen vor sich geht, Sie würden das wahrscheinlich nicht begreifen. Ich habe ihm geraten, es ihm ganz einfach zu sagen, es nutzt doch nichts, sich jahrelang etwas vorzumachen, finden Sie nicht auch, Herr Kommissar?"

„Ich weiß es nicht und Sie haben wahrscheinlich recht, wir können das nicht beurteilen. Für uns ist es auch nicht von Bedeutung, ob es eine Liebe ist zwischen Mann und Frau oder Mann und Mann. Für uns ist wichtig, wie es endet, wer das Ende hervorgerufen hat, speziell wenn es gewaltsam war. Dann spielt es keine Rolle, ob es eine Frau war oder ein Mann. Trauen Sie Gerhard Moser zu, Tobias Werg wegen dieser Affäre und seinen Konsequenzen umzubringen?"

„Alles ist möglich, Herr Kommissar, aber in unseren Kreisen sind Affären wie mit mir an der Tagesordnung und normalerweise bringt man deswegen niemanden um. Das ist ja auch ein Grund, warum wir uns jeden Dienstag im Müller'schen Volksbad treffen, dort werden solche Affären in Gang gesetzt und normalerweise weiß der Partner immer vorher Bescheid und nach ein oder zwei Nächten sind die beiden wieder zusammen und alles ist wie vorher und meist sogar noch schöner als vorher. Nein, wenn Sie mich fragen, ich glaube nicht, aber alles ist möglich."

Kapitel 13

Kommissar Wengler ging ungern aus dem Apartment, nicht weil er sich gerne mehr mit Bernd Hofstetter unterhalten hätte, nein, sondern weil das Apartment eine Klimaanlage hatte und angenehme zweiundzwanzig Grad, die er jede Minute, die er dort war, genoss. Man sollte in alle Wohnungen Klimaanlagen einbauen, dachte er sich, aber als er daran dachte, wie es in ein paar Wochen wieder sein würde, grau, nass und ungemütlich, verwarf er den Gedanken sehr schnell.

Sie fuhren zurück ins Büro. Der Besuch hatte wenig gebracht, außer die Erkenntnis, dass man es in diesem Fall nicht nur mit einer Beziehungstat zu tun hatte, sondern auch noch mit einer in der homosexuellen Szene. Das war zwar nicht unbedingt etwas Neues für den Kommissar, aber doch immer wieder etwas anders. Er machte sich seine Notizen in seinem kleinen Buch, das mittlerweile schon einige Seiten beschrieben, jedoch zur Lösung noch nicht weitergeholfen hatte. Es war oft so in diesen Fällen, die nicht weitergehen wollten, in denen man sich immer irgendwie im Kreise drehte. Man sah keinen Zusammenhang mit all den Geschehnissen, mit all den Menschen, die involviert waren und ihren Beitrag zum Geschehen beisteuerten, ob sie es nun wollten und wussten oder nicht, aber diese Zusammenhänge würden sich früher oder später ergeben. Man musste nur Geduld haben und möglichst viele Personen, die mit dem Opfer in Kontakt waren, befragen und irgendwann würde dann der Funke überspringen und ein kleines Feuer entfachen, das dann immer größer wurde, bis es nicht mehr zu übersehen war. Nur war dieser Funke noch nicht übergesprungen, es war noch keine Flamme zu sehen und das machte den Kommissar etwas ungeduldig.

„Wir müssen noch einmal mit Gerhard Moser reden, Armin. Ich glaube, der sagt uns nicht die ganze Wahrheit. Lass uns mal in die Galerie fahren, manchmal ist die Umgebung, in der man eine Aussage macht, von Bedeutung."

Sie waren in der Galerie angekommen. Gerhard Moser war tief im Gespräch mit einem Kunden, der scheinbar sehr an einigen Bildern interessiert war. Die Art, wie er mit dem Kunden redete, machte den Kommissar allerdings etwas stutzig, da er sich dachte, dass man normalerweise mit Kunden nicht so umgehen sollte. Dann wiederum dachte er an die Frau an der Kasse im Supermarkt und verwarf seine Bedenken.

„Herr Moser, wir müssen noch einmal mit Ihnen reden, bitte."

„Das geht aber jetzt sehr schlecht, das sehen Sie ja. Kann es später sein?"

Die Türe öffnete sich und jemand rief, noch bevor man ihn sehen konnte „Gerhard, mein Lieber, ich muss dir…"

„Ach guten Tag, sind Sie nicht der junge Mann, der uns die Tür bei Herrn Hofstetter nicht aufmachen wollte?", fragte der Kommissar.

Der junge Mann war nun in der Galerie und wollte scheinbar etwas mit Gerhard Moser besprechen, und als er den Kommissar erblickte, erfroren sein Gang und seine Stimme. Er stand in der Mitte des Raums und sah sich nach allen Seiten um, sah einen nach dem anderen an und versuchte, am Absatz kehrt zu machen und zurück zur Tür zu gehen. An dieser hatte sich jedoch bereits Armin Staller aufgebaut und ihm zu verstehen gegeben, dass es eine schlechte Idee war, gerade jetzt zu verschwinden. Man wollte mit ihm reden.

Siegfried Laser war sein Name, wie er auf die Frage des Kommissars antwortete. Und ja, er war der junge Mann, der erst am Bildschirm zu sehen war und dann leider das Apartment verlassen musste. Er hatte noch etwas zu erledigen gehabt.

„Herr Laser, was wollten Sie denn Herrn Moser erzählen?"

Siegfried Laser konnte noch nicht älter sein als zwanzig Jahre, war extrem schlank, hatte volle, schwarze Haare, die so schwarz waren, dass sie gefärbt aussahen. Angezogen war er mit einer hautengen schwarzen Jeans, deren Bund extrem tief angesetzt war, und einem schwarzen Hemd, das bis zum Bauchnabel offen war.

Er wollte nicht reden, sondern sah nur ein wenig verzweifelt Gerhard Moser an und wartete darauf, dass er ihn aus dieser Lage befreien würde.

Der Kunde, der das alles mit angesehen hatte, meinte, er müsse jetzt gehen und wie er sehe, würde er ohnehin nur stören. Gerhard Moser gab ihm noch eine Visitenkarte, auf der er etwas notiert hatte, und führte ihn zur Tür, die von Armin Staller freigegeben wurde, nachdem der Kunde ihm den Namen und die Adresse bereitwillig mitgeteilt hatte.

Nun war man alleine. Gerhard Moser, Siegfried Laser, der Kommissar und Armin Staller. Alleine in einem großen Raum, der nicht dazu angetan war, eine intime Unterhaltung zu führen. Man besah sich Kunst in diesen Räumen. Alles war kalt und sollte nicht von den Werken ablenken, die hier ausgestellt waren, und sollte nicht die Sinne beflügeln mit Nichtigkeiten wie Wärme, Geborgenheit und Schönheit im Sinne von Anmut. Der Raum sollte die Kunst erfahren lassen, die geschaffen war zu provozieren, bei der man nicht wusste, ob sie wirklich Kunst war oder nur Klamauk, um den Betrachter in die Irre zu führen. Kunst, die man sich ins Zimmer hängt, weil man damit erreichen will, dass sich die Leute aufregen und fragen, was das soll. Und ob man wirklich dafür bezahlt hat. Kunst, die zeigen sollte, dass man seiner Zeit voraus war und sonst nichts. Kunst, bei der die Putzfrau jedes Mal fragt, ob das Kunst sei oder ob man das wegwerfen kann. Dann ist es wirklich Kunst.

„Warum setzen wir uns nicht und Sie erzählen uns, wie es sich mit Ihnen verhält, wer wer ist und was das alles auf sich hat."

Damit setzte sich der Kommissar auf einen Drehstuhl, der in einer Ecke des Ateliers vor einem Schreibtisch stand, auf dem vor allem Kunstzeitschriften, Unmengen von Papier und ein kleiner, grüner Laptop lagen. Außerdem war da noch eine rote Couch, die Ähnlichkeit hatte mit einer Couch von Salvador Dali. Ähnlichkeit, mehr nicht.

„Hübsche Couch haben Sie hier."

„Ja, danke. Was speziell wollen Sie denn wissen? Sie sind doch nicht wegen der Couch gekommen."

„Herr Moser," fing der Kommissar an und wurde dabei nachdenklich und ernst, "Ihr Liebhaber, oder Lebensgefährte, wenn Ihnen das lieber ist, Tobias Werg wollte Sie verlassen, er hat das Testament geändert und Sie enterbt, er wollte mit der Galerie nichts mehr zu tun haben und hat Ihnen das Geld entzogen, er hat sich einen neuen Freund gesucht und Sie werden in Kürze nicht mehr wissen, wo Sie schlafen sollen, da diese Galerie, in der Sie scheinbar auch wohnen, wie ich das so sehe, hier in wenigen Wochen nicht mehr existieren wird. Diese Galerie ist Ihr Lebenswerk, Ihr Traum, alles, was Sie jemals wollten und wovon Sie immer geträumt haben. Diese Galerie, und damit das Leben, das Sie derzeit leben, wird bald unweigerlich zu Ende sein und Sie fragen mich allen Ernstes, was Sie mir erzählen sollen."

Gerhard Moser hatte sich das alles in Ruhe angehört und sich langsam auf die Couch gesetzt, den Kommissar und Armin Staller angesehen und scheinbar nachgedacht, was er darauf antworten sollte. Wider Erwarten war er sehr ruhig geblieben, hatte sich unter Kontrolle.

„Sie haben recht, Herr Kommissar, alles was Sie mir jetzt gesagt haben, stimmt und noch Vieles mehr, das Sie nicht wissen, wovon Sie nichts wissen können, da Sie nicht dabei waren die ganzen Jahre, die wir zusammen waren. Was allerdings nicht stimmt, und das scheinen Sie anzunehmen, ist, dass ich Tobias erschossen habe. Auch wenn Sie es mir nicht glauben, aber ich habe ihn geliebt, ich hätte alles getan, damit er zu mir zurückkommt, ich hätte gewartet, und wenn es Jahre gedauert hätte. Und", damit machte Gerhard Moser eine Pause und sah sich in der Runde um, "es hätte mir nichts genutzt, ihn zu töten. Warum in der Welt sollte ich ihn also erschießen?"

„Aus Eifersucht, Rache, Wut, es gibt viele Gründe, die einen Menschen dazu bringen, so etwas zu tun, sei es auch nur im Affekt, ohne dass man das wollte, und es danach auch manchmal bereut."

Gerhard Moser sah den Kommissar sehr eindringlich an, als wolle er seine Gedanken lesen. Dieser jedoch kümmerte sich um sein weißes Notizbuch, das er aus seiner Tasche geholt hatte, aufschlug und darin Notizen machte.

„Was Sie nicht wissen, Herr Kommissar ist, dass ich schon seit Monaten eine andere Wohnung habe und das alles hier nur noch abwickle. Was Sie auch nicht wissen, ist, dass ich Tobias verlassen habe, und nicht er mich, und er deswegen sein Testament geändert hat, so wie auch ich meines geändert habe, allerdings lange bevor Tobias das tat. Was Sie auch nicht wissen, Herr Kommissar, ist, dass Siegfried, der junge Mann, den Sie am Verlassen der Wohnung gehindert haben, seit Monaten mein neuer Freund ist und wir nicht daran denken, das zu ändern. Stimmt das, Sigi?"

„Allerdings, Herr Kommissar, so ist es."

Damit setzte sich Siegfried Laser neben Gerhard Moser auf die Couch und hielt dessen Hand, sah ihm ins Gesicht und lächelte.

„Und was haben Sie dann bei Herrn Hofstetter gesucht, Herr Laser?"

„Herr Hofstetter ist ein gemeinsamer Freund, Herr Kommissar", sprang Gerhard Moser dazwischen, bevor Siegfried Laser antworten konnte, „und manchmal brauchen wir ein wenig Abwechslung, etwas, was Sie vielleicht nicht verstehen, aber so ist es eben. Und wenn man schon etwas Abwechslung braucht, Herr Kommissar, dann mit jemanden, der Geld dafür nimmt. Es macht die Sache unkomplizierter."

„Also hat der Herr Hofstetter nicht nur Herrn Werg geholfen, sondern auch Ihnen?"

„Wenn Sie das so sehen wollen, dann ja. Herr Hofstetter hilft vielen unserer Freunde und wir sind ihm sehr dankbar dafür. Sie sollten einmal in die Sauna kommen, am Dienstagvormittag, und sich das ansehen, dann könnten Sie sich ein besseres Bild machen."

„Ich glaube nicht dass das nötig ist, aber danke für die Einladung."

Damit stand Kommissar Wengler auf und bedeutete seinem Assistenten, dass es Zeit war zu gehen.

„Halten Sie sich zu unserer Verfügung, Herr Moser, wir werden Sie noch brauchen."

Damit ging man zur Türe, und ohne sich umzudrehen, nach draußen in die Hitze des Tages, die immer schlimmer zu werden drohte. Der Kommissar verfluchte den Sommer, der zum heißesten seit Menschengedenken zu werden schien und ihm langsam zu schaffen machte. Die Krankenwagen waren ununterbrochen unterwegs, um all die Leute einzusammeln, die es schon nicht mehr geschafft hatten. Überall hörte man die Sirenen und fast konnte man meinen, dass der Geruch der Verwesung bereits die Luft schwängerte. Der Kommissar dachte sich, dass vielleicht auch er bald in einem dieser Wägen liegen würde.

Kapitel 14

„Herr Kommissar, wir haben die Kontoauszüge von Tobias Werg überprüft. Es gibt keine Anzeichen, dass in den letzten Jahren irgendwie eine größere Summe eingegangen ist, aber über die letzten zwei Jahre wurden alle paar Wochen immer wieder Summen zwischen sechs- und zwanzigtausend eingezahlt und der Bankbeamte meinte, dass dies alles Bareinzahlungen waren. Alle Zahlungen gingen auf ein normales Girokonto und von dort immer derselbe Betrag auf ein anderes, das der Stiftung. Von dem Stiftungskonto wurden dann immer die Zahlungen für das Pflegeheim abgebucht, jeden Monat, immer am fünften."

„Weiß man schon, wo das Geld herkam?"

„Nein, so weit sind wir noch nicht, aber irgendjemand muss es doch wissen. Nur wollte uns keiner scheinbar etwas dazu sagen."

„Wenn man als Schauspieler arbeitet, wird man dann bar bezahlt?"

„Hab ich auch schon ermittelt. Nein, meist wird es überwiesen oder man bekommt einen Scheck, aber nichts in bar. Und die Summen sind auch nicht das, was ein Schauspieler normalerweise bekommt. Die verdienen in Hunderten, aber nicht in Tausenden. Jedenfalls hier in Deutschland."

Der Kommissar und Armin Staller sahen sich an und machten sich ihre Gedanken. Es war seltsam, dass jemand immer wieder Geld in bar auf ein Konto einbezahlt. Das konnte nur bedeuten, dass man entweder etwas verheimlichen wollte oder eben Geschäfte machte, die nicht nachverfolgt werden sollten. Nur welche Geschäfte könnten das gewesen sein. Bisher hatte man den Eindruck, dass alles, was mit Tobias Werg im Zusammenhang stand, seriös und für alle sichtbar war. Aber hatte man denn tatsächlich herausgefunden, wer Tobias Werg wirklich war?

Man wusste, dass er homosexuell war, dass er einmal verheiratet gewesen war, dass er Freunde hatte, die nicht mehr seine Freunde waren, ob es nun an ihm lag oder an den Freunden. Man wusste, dass er viel Geld ausgab, um einer Frau, die scheinbar nichts mit ihm zu tun hatte, ein Leben zu ermöglichen, das sie sich wahrscheinlich ohne ihn nicht hätte leisten können. Man wusste, dass die Galerie kein Geld abwarf und auch sein Beruf ihm keine Reichtümer bescherte. Und dennoch hatte er einige Hunderttausende auf seinem Konto. Bar einbezahlt.

Man musste herausfinden, wie das alles zusammenhing, und dann bestand vielleicht auch die Möglichkeit, damit den Täter zu finden. Das jedenfalls war die Idee.

„Armin, wir müssen wissen, was es mit dieser Frau Brand auf sich hat. Finde heraus, wer sie ist, und wie sie mit Tobias Werg in Verbindung steht. Man gibt kein Geld aus für jemanden, ohne einen triftigen Grund zu haben, und diesen Grund müssen wir wissen. Ohne das werden wir nie herausfinden, wer Tobias Werg wirklich war und was er warum getan hat. Was wir bislang wissen, sind nur Geschichten, die man uns erzählt hat, nur Geschichten von allen

Seiten. Geschichten, die stimmen können oder auch nicht, Geschichten, die man so oder so auslegen kann, aber Geschichten, nichts Anderes, die im Zusammenhang keinen Sinn machen. Man hat uns an der Nase herumgeführt, Armin, und damit ist nun Schluss. Wir werden es denen allen zeigen, dass wir uns nicht spazieren führen lassen, und wir werden den Mörder finden."

Kapitel 15

Die Spurensicherung wurde noch einmal an den Tatort gerufen und zusammen mit dem Kommissar und Armin Staller durchsuchte man noch einmal intensiv die Wohnung. Es war immer noch schwül, obwohl es geheißen hatte, dass das Wetter nun endlich eine Wende zum Besseren, also Normalen, nehmen würde. Aber was wissen die vom Wetter schon, meinte der Kommissar.

„Wenn wir so arbeiten würden wie die vom Wetter, würden wir nie etwas aufklären, sondern immer alles nur annehmen und dann feststellen, dass es nicht gestimmt hat."

Armin Staller nickte nur mit dem Kopf und suchte weiter nach irgendetwas, was Aufschluss über Tobias Werg geben konnte. Er wusste, dass es keinen Sinn machte, mit dem Kommissar über das Wetter zu reden. Nicht jetzt, im Winter vielleicht, aber der war noch weit weg.

„Hier ist ein Ordner, Herr Kommissar, sieht so aus wie ein Urkundenordner."

„Lass mal sehen, Armin."

Der Kommissar nahm den Ordner, legte ihn auf den Tisch, setzte sich auf den Stuhl, den Armin ihm hingeschoben hatte, und fing an zu blättern.

„Hier ist seine Geburtsurkunde, er ist in Pfarrkirchen geboren und den Zeugnissen hiernach zu schließen dort auch zur Schule gegangen."

Der Kommissar blätterte weiter im Ordner und Armin sah ihm über die Schulter. Es waren alle Dokumente in ordentlicher, chronologischer Reihenfolge eingeheftet. Hier hatte sich jemand große Mühe gegeben und versucht, sein Leben zu erforschen und einzuordnen. Nicht alle Papiere waren alt oder zum Zeitpunkt des Geschehens ausgestellt, manche sahen aus, als wären sie erst vor ein paar Tagen eingeheftet worden. Anderen, wie der Geburtsurkunde, sah man die Jahre an, die sie in einer Schachtel verbracht hatten. Eines der neueren Dokumente war eine Adoptivurkunde, notarisiert und als beglaubigte Kopie abgestempelt, vor genau sieben Monaten.

„Hier steht, dass er adoptiert wurde, sofort nach der Geburt. Seine Adoptiveltern waren ein Herr Georg Werg und eine Frau Sieglinde Werg, geborene Brand."

Der Kommissar und Armin sahen sich an und fragten sich, ob dies ein Zufall sein konnte, oder ob die Frau im Seniorenheim irgendetwas mit Frau Sieglinde Brand zu tun hatte. Die beiden mussten sich nichts sagen, man verstand sich auch ohne Worte. Armin erschrak ein bisschen und meinte zu sich selbst, dass dies wohl der Anfang von etwas sei, was sie zum Ziel führen konnte. Man hatte einen Hinweis gefunden, der in eine Richtung zeigte, die scheinbar vielversprechend war.

„Wir werden das herausfinden, Armin, und zwar sofort. Ruf mal den Notar hier an und frage, ob er etwas darüber weiß. Das Papier ist ziemlich neu, also sollte er sich noch daran erinnern. Außerdem ist es eine Kanzlei in Pfarrkirchen und die können doch nicht so viel zu tun haben."

Dr. Beutler, der Notar, der auf der Urkunde genannt wurde, konnte sich genau daran erinnern, was damals geschehen war. Ein Mann in den Dreißigern stand eines Tages in seiner Kanzlei und fragte nach seinem Namen. Er hätte die Adresse der Kanzlei von einem Bekannten, der meinte, er könnte ihm helfen. Dann zog er einen Brief aus der Tasche, in dem stand, dass er sich an die Kanzlei Beutler wenden solle in seiner Angelegenheit, und er hätte nun das damit getan.

„Die Angelegenheit in dem Brief war eine Adoption, die vor zweiunddreißig Jahren stattgefunden hatte und damals von meinem Vater beurkundet worden war. Es war nicht einfach, den Vorgang zu finden, da es damals noch keine Computer gab, aber wir haben ihn gefunden. Wir haben vor ein paar Jahren alle Akten der Kanzlei in den Computer eingelesen und eine Datei erstellt, in der alles, was jemals hier stattgefunden hat, gespeichert ist. Wissen Sie…"

„Herr Beutler, wir finden das großartig, aber kommen Sie doch bitte zur Sache."

„Wie Sie wollen. Die Sachlage war die, dass eine Maria Brand damals ihren Sohn Tobias Brand von ihrer Schwester und deren Mann als leiblichen Sohn angenommen hatte. Warum wissen wir nicht. Es ist nicht die Aufgabe einer Kanzlei, das zu wissen, wir beurkunden nur."

Armin hatte den Eindruck, dass Herr Beutler etwas pikiert war, da er ihm nicht erzählen konnte, wie umfangreich und modern seine Datenspeicherung war.

„Wenn Sie mehr darüber erfahren wollen, müssen Sie sich an Maria Brand wenden, ich glaube, sie lebt noch. Wo weiß ich allerdings nicht."

„Wir wissen, wo sie lebt, Herr Beutler, aber das hilft uns leider nicht weiter. Wissen Sie, wer den Brief verfasst hat?"

„Nein, wissen wir nicht. Aber warum fragen Sie das eigentlich alles?"

„Herr Werg ist tot und wir versuchen, sein Leben zu rekonstruieren. Danke für die Information."

„Keine Ursache. Ach ja, da war noch etwas, jetzt fällt es mir ein. Herr Werg hatte eine Frau Simmer erwähnt, die

hier im Ort lebt. Eine alte Frau, die scheinbar etwas mit der Familie Werg zu tun hatte. Ihre Adresse werden Sie sicher im Einwohnermeldeamt finden. Gut Glück also mit ihrer Suche nach dem Leben."

Damit legte Herr Beutler auf, ohne Armin die Möglichkeit zu geben, auf Wiederhören zu sagen. Er hatte mehr Fragen aufgeworfen als beantwortet.

„Das war es also, Armin. Er hatte nachgeforscht und dabei seine leibliche Mutter gefunden. Lass uns mit der Frau Simmer reden, vielleicht weiß die ja was."

„Viel Glück mit der Suche nach dem Leben", hatte der Notar noch gesagt, als würde man Glück brauchen, um nach einem Leben zu forschen, das es einmal gegeben hat und einem durch die Finger geglitten ist. Leben ist Dasein, ist gegenwärtig, man muss es nicht suchen, es passiert. Glück oder nicht Glück. Leben ist allgegenwärtig, wenn man es erfährt, außer man hat ein Verlangen, es zu ändern und in andere Bahnen zu lenken, was immer auch der Grund dafür sein mag. Man lebt nur ein Leben und meist kann man nichts daran ändern, man ist gefangen in seinem Selbst.

Ist es ein besseres Leben, das man sucht und manchmal auch findet, oder nur ein anderes? Wer bestimmt das, wer hat es für Tobias Werg bestimmt. Er selbst? War er sich sicher, etwas Gutes für sich zu tun, oder hat es ihn das Leben gekostet?

Am Anfang hatte er vielleicht gehofft, etwas zum Guten zu verändern, bis das Ganze eine Eigendynamik entwickelt hatte und der Zug nicht mehr aufzuhalten war, den Bahnhof auf unbestimmtem Kurs verlassen hatte und geradlinig immer weiterfuhr.

Dann ist der Zug angekommen und Tobias Werg ist ausgestiegen in ein neues Leben, hat versucht, sich einzurichten, hat seine alten Freunde und Beziehungen zurückgelassen und versucht zu vergessen. Man kann nur nicht vergessen, so intensiv man das auch will, es klebt an einem wie Farbe, die nicht abgewaschen werden kann. Hat er das verstanden und eingesehen, oder hat er vergeblich versucht, dagegen anzukämpfen?

Diese Fragen beschäftigten den Kommissar und Armin beobachtete, wie er damit kämpfte. Er hatte ihn oft so gesehen, wie er in sich versunken etwas dachte, ohne jemanden teilhaben zu lassen. Es war seine Art der Nachforschung, der Ergründung des

Warum. Er musste es selbst und alleine machen, dann machte es Sinn für ihn. Nur dann konnte er begreifen, was wirklich in den Menschen vor sich ging. Dann konnte er für sich einen Grund finden, warum bestimmte Dinge so passiert waren, wie sie passiert waren. Nur dann.

„Lass uns nach Pfarrkirchen fahren, Armin."

Kapitel 16

Die Fahrt nach Pfarrkirchen war beschaulich. Man hatte die Bundesstraße der Autobahn vorgezogen, wollte ein wenig von der oberbayerischen Landschaft sehen, die man so vermisste, wenn man sich die ganze Woche nur auf geteerten Straßen in einem Dschungel von Häusern bewegte, die manchmal nicht einmal die Sonne durchließen, und wenn dann nur für ein paar Stunden.

Der Weizen stand hoch, die Kühe lagen auf den fetten Wiesen im Schatten unter den Bäumen, die man ihnen gelassen hatte, als man alles andere niedergeschlagen hatte.

Alte Kulturlandschaft, geformt über Jahrhunderte, geformt von Menschen mit ihren Händen, ihrer mühevollen Arbeit von Sonnenaufgang bis Sonnenuntergang. Geformt von Menschen, die nicht danach fragten, wie viel sie damit verdienten, ob es die Sache wert war, ob man dafür auch entsprechend belohnt wurde. Ihre Belohnung war, etwas zu essen zu haben und ein Leben frei von Hunger führen zu können, wenigstens die meisten Jahre, wenn alles gut gegangen war und der Hagel oder eine Seuche nicht alles vernichtet hatte.

Frau Simmer war über achtzig Jahre alt, jedoch für ihr Alter noch sehr rüstig. Sie wohnte etwas außerhalb von Pfarrkirchen, direkt unten am Inn in einem kleinen Häuschen, umgeben von einem niedrigen, holzbraunen Lattenzaun aus dickeren Tannenästen, der schon viele Jahre gesehen und zu erdulden hatte.

Man hatte sich damals, als man ihn errichtete, keine Mühe gemacht, die Rinde abzuschälen, über die Jahre war jedoch der größte Teil ohnehin abgefallen und hatte die Spuren der Borkenkäfer freigegeben, die darunter ihre vernichtenden Bahnen gefressen hatten. So sieht man an allem, was die Natur hervorbringt, das Alter, sei es nun etwas Lebendes oder Totes, keiner kann dem entgehen. Nicht einmal ein Lattenzaun.

„Danke, dass Sie sich die Zeit nehmen, Frau Simmer."

Frau Simmer war eine kleine, geduckte Gestalt, angezogen mit einem schwarzen Kittel mit winzigen weißen Punkten. Man sah irgendwie, dass dies wohl eines der wenigen Kleidungsstücke war, die sie besaß und jeden Tag aufs Neue anzog. Trotz der Hitze trug sie dazu wollene Strümpfe und schwarze Filzpantoffeln. Ihre zu einem Ring zusammengebundenen Haare waren so grau wie die Steine am Fluss, die man vom Fenster aus sehen konnte.

„Das Wasser ist so niedrig, wie es noch nie war, Herr Kommissar. Und ich lebe hier nun schon seit über achtzig Jahren. Mein Vater hat dieses Haus noch mit eigenen Händen gebaut, müssen Sie wissen. Er hat das Holz noch selbst geschlagen und in der Säge Bretter draus machen lassen. Die Säge gibt es schon lange nicht mehr, heute kaufen die Leute ihr Holz doch nur noch im Baumarkt. Wissen Sie, früher hat jeder, der hier gewohnt hat, einmal im Jahr so viel Holz bekommen, wie er gebraucht hat, zum Bauen, zum Möbelmachen und zum Heizen. Das ist auch heute noch so, aber heute muss man es beantragen und einen guten Grund haben. Man bekommt sein Holz nicht mehr einfach so."

Dabei sah sie zuerst den Kommissar und dann Armin Staller an, legte ihre Hände auf den Schoß und wartete. Man hatte sich ins Wohnzimmer gesetzt, auf das Sofa, das seine Jahre nicht verbergen konnte. Grüner Bezug mit kleinen gelben Blumen, dazu ein paar weiße Spitzendecken auf den seitlichen Lehnen. Zwei passende Sessel und ein niedriger, ovaler Tisch komplettierten die Einrichtung.

Über dem Sofa hing das obligatorische Bild mit den Bergen und der untergehenden Sonne, die den Gipfel in leuchtend rotes Licht tauchte. Das Bild hing ein wenig schief und man konnte den helleren Untergrund sehen. Es hing schon lange dort, schon sehr lange.

An der Wand gegenüber gab es noch eine Kommode, die mit Bauernmalerei verziert war. Es fehlten Teile der Farbe und das ließ die Blumen und Girlanden ein wenig traurig anzusehen, man hatte das Gefühl des Verfalls. Auch die Türen hingen etwas schief in den Angeln, aber sie waren dennoch schön, ein echtes Stück Heimat.

Es hing ein Kreuz mit einem geschnitzten Christus in der Ecke, oben an der Wand, neben dem Fenster. Darunter ein kleines Porzellangefäß für das geweihte Wasser, das der Pfarrer jedes Jahr um Pfingsten wieder neu weihen musste. Über der Tür sah man „CBM" mit Kreide geschrieben, Caspar, Balthasar und Melchior, die heiligen drei Könige, die man in diesem Teil des Landes noch ehrte und um Hilfe bat, dieses Haus das Jahr über zu beschützen. Der Boden war mit einem Teppich belegt, den man aus Stoffresten zusammengenäht hatte, wie man es eben früher so gemacht hatte, als man noch die einheimischen Materialien verwenden musste, da es nichts Anderes gab. Fleckenteppich nannte man das, ein Teppich gearbeitet aus den Flecken der Vergangenheit.

„Frau Simmer, wir haben erfahren, dass Sie eine Familie mit dem Namen Werg kennen. Können Sie uns etwas darüber erzählen?"

„Ja, die gute Frau Werg. Auch ihr Mann war ein guter Mensch, wenn der auch viel arbeiten musste. Wissen Sie, der Herr Werg hat immer in der Bank gearbeitet, viele Stunden, sodass wir ihn nicht so oft gesehen haben. Ich habe bei der Familie einmal die Woche geputzt und auch sonst der Frau Werg geholfen, wenn es sein musste. Die hatten ja den Tobias, der ja gar nicht so richtig ihr Kind war, wissen Sie, es war ja das Kind von der Schwester. Das wusste niemand hier im Ort, nur ich, und ich durfte es auch niemandem erzählen. Das musste ich der Frau Werg versprechen, aber da sie ja schon so lange tot ist, kann ich es Ihnen ja ruhig sagen, oder?"

Damit sah sie den Kommissar fragend an, da sie sich nicht sicher war, ob das Versprechen auch über den Tod hinaus Geltung hatte.

„Ich glaube, Frau Werg wird es verstehen, wenn Sie uns das erzählen."

„Nun ja, die Schwester hatte damals einen Freund, wissen Sie, vom Militär so einen, der dann auf einmal weg war. Sie hatte kein Geld, war noch jung und wollte doch nicht nur für das Kind da sein. Wer will das schon, wenn man jung ist, also hat sie die Schwester gefragt, ob sie das Kind für ein paar Wochen aufnehmen könnte, bis sie eben alles in die Reihe gebracht hat. Aber dann war sie plötzlich verschwunden. Sie hat ihre Sachen gepackt und ist ganz einfach weggegangen aus dem Dorf. Einen Brief hat sie hinterlassen, dass sie es nicht schafft und so, Genaues weiß ich nicht, aber ich weiß, dass die Frau und der Herr Werg dann den Tobias sehr schnell adoptiert haben. Der Tobias hat das alles nicht gewusst, bis eben beide vor einem Jahr kurz hintereinander gestorben sind. Dann ist der Tobias gekommen und hat den Brief im Haus gefunden und hat erfahren, dass er noch eine andere Mutter hat."

Frau Simmer musste nachdenken. Man sah ihr an, dass es sie anstrengte, über dieses Thema zu sprechen. Der Kommissar und Armin Staller warteten geduldig auf die Fortsetzung der Geschichte.

Das Fenster war leicht geöffnet, es drang der Geruch von frisch gemähtem Gras herein, die Vögel zwitscherten, als ginge es um einen Wettbewerb, alles war sonst absolut ruhig und man kam sich vor wie in einer anderen Welt. Entrückt vom Treiben der Zivilisation, die meint, sich etwas Gutes anzutun, indem sie immer schneller wird, immer komplizierter, immer verrückter, immer mehr verbunden, immer weltoffener. Hier zu sitzen und zu denken, den Tag so sein zu lassen, wie er es wollte, war das Leben, nicht die pausenlose Hektik, mit der man es jeden Tag zu tun hatte.

„Er hat mich dann gefragt, ob ich etwas wüsste und wo seine Mutter lebt und so weiter, aber ich hatte keine Ahnung. Er hat im ganzen Dorf herumgefragt, aber keiner wusste Bescheid. Niemand hat je wieder etwas von ihr gehört. Dann ist er zum Pfarrer gegangen und der hat im Kirchenbuch nachgeschaut, wo alles drinsteht, was hier in dieser Zeit passiert ist. Und dort hat er es dann doch herausgefunden, zusammen mit dem Herrn Pfarrer. Er hat mich besucht und hat es mir erzählt. Sie hat immer in Nürnberg gelebt und dort geheiratet und auch keine Kinder mehr bekommen und lebt jetzt in einem Altersheim in Nürnberg."

Damit war für Frau Simmer das Thema erledigt. Sie sah ihren Besuch an und bedeutete, dass dies alles sei, was sie wusste.

„Mehr weiß ich nicht, Herr Kommissar, nur dass der Tobias sehr aufgeregt war, weil er doch seine richtige Mutter gefunden hat."

Das war es also, er hatte seine Mutter gefunden und damit hatte auf einmal sein Leben eine neue Richtung bekommen. Die vielen Jahre, die er gelebt hatte, ohne seine Mutter zu kennen, waren versäumte Jahre, die er nicht mehr

nachholen konnte, die für immer verloren waren. Und jetzt hatte er eine Mutter, die ihn nicht mehr erkannte, die in ihrer eigenen Welt lebte, ohne zu wissen, was um sie herum vor sich ging.

„Das muss ihm ganz schön zu schaffen gemacht haben, diese ganze Geschichte mit seiner Mutter."

Armin Staller hatte ein Gespräch angefangen, um den Kommissar aus seiner Welt herauszureißen, in die er auf der Fahrt zurück nach München versunken zu sein schien.

„Das mag wohl sein, Armin, aber ich weiß nicht, ob es uns in unserem Fall weiterbringt. Wir wissen nur, dass sich alles in diesem Zeitraum von sechs bis acht Monaten abgespielt hat. Er sucht nach seiner Mutter, da er den Brief in seinem Elternhaus gefunden hat, der ihm sagt, dass seine Eltern eigentlich nur seine Adoptiveltern sind. Dann findet er seine Mutter und bringt sie in das Schloss am Starnberger See, das er sich eigentlich gar nicht leisten kann, macht es aber trotzdem. Dann bekommt er plötzlich jeden Monat Geld, in bar, verschieden hohe Summen, die er dazu verwendet, seiner richtigen Mutter noch ein paar schöne Tage zu gönnen. Er verändert total sein Leben, trennt sich von seinem Freund, ändert sein Testament, gibt die Galerie auf, trifft sich mit männlichen Prostituierten und keiner von seinen Freunden will etwas davon gewusst haben. Irgendwie kann ich das nicht glauben."

Für den Rest der Fahrt ins Präsidium waren beide ruhig und nachdenklich. Es lief klassische Musik in Bayern Vier, ein Klavierkonzert von Brahms, Musik zum Träumen und sich gehen lassen. Die Ruhe wurde erst wieder unterbrochen, als man sich dem Dauerstau in der Stadt anschloss, etwas, was jeden Tag schlimmer zu werden schien. Die Verkehrsmeldungen rissen nicht ab.

Es war vorbei mit der Schönheit der Natur und der Ruhe, der Gelassenheit und dem Gezwitscher der Vögel. Es roch nicht mehr nach geschnittenem Gras, es roch nach Zivilisation und Auspuffgasen.

Kapitel 17

„Wie weit sind wir mit den Telefonnummern, Armin?"

Es war wieder einer der Morgen nach einer heißen Nacht, die der Kommissar zu überstehen hatte. Es machte ihn mittlerweile unruhig, er konnte es fast nicht mehr ertragen und wünschte sich, es wäre Weihnachten und der Schnee würde unter seinen Stiefeln knirschen. Er wünschte sich, am Weihnachtsmarkt ein Glas Glühwein zu kaufen und dieses, zusammen mit einem Stück Lebkuchen, in sich hineinzuschütten. Damit ihm endlich warm würde. Das wünschte er sich in der Mittagshitze dieses Tages.

„Wir haben alle Nummern angerufen und meistens waren es Kontakte aus der Szene, wie man so sagt. Und natürlich seine Freunde, die wir schon alle kennen. Alle wussten schon, warum wir anrufen, und hatten bereits eine Erklärung parat. Nur zwei Nummern konnten wir nicht erreichen, eine war abgemeldet und eine andere war momentan nicht erreichbar. Die, die wir momentan nicht erreichen konnten, hat versucht, Tobias Werg die letzten Wochen mehrmals anzurufen, aber wie es scheint, wollte Herr Werg nicht mit der Person sprechen. Das jedenfalls sagt uns der Techniker, der die Nummern überprüft hat. Es waren immer nur kurze Gespräche, als ob jemand hallo sagt und der Andere danach sofort auflegt."

„Ja, heute kann man wohl alles herausfinden. Wer war das denn, der immer wieder angerufen hat?"

Das Telefon klingelte. Die Unterhaltung wurde jäh unterbrochen.

Es war der Pförtner, der dem Herrn Kommissar mitteilen wollte, dass ihn jemand im Fall Tobias Werg sprechen wolle und ob er ihn nach oben schicken solle.

Wie immer, wenn die Pforte besonders gewissenhaft war, pflegte der Herr Kommissar, seinen Blick der Verwunderung aufzusetzen und in etwas beleidigendem Ton „warum denn nicht um Himmelswillen" zu sagen. Man kannte den Herrn Kommissar und war nicht überrascht, also sagte man auch nichts.

Man erwartete den geheimnisvollen Besucher. Ein Polizist brachte ihn ins Büro.

„Mein Name ist Willibald Römer, von Römer und Sohn, Versteigerungen und Hausauflösungen. Ich glaube, Sie wollen mit mir sprechen, Herr Kommissar. Guten Tag auch Herr Kommissar", wobei er sich leicht in Richtung Armin Staller verbeugte.

„Seit ein paar Tagen versuchen Sie, mich anzurufen. Meine Mitarbeiterin ließ mir das ausrichten, und da ich heute gerade in München bin, hab ich mir gedacht, ich schau mal vorbei. Ich dachte mir, ein persönliches Gespräch kann nicht schaden."

Herr Römer war ein dickbäuchiger, gemütlich aussehender Mittfünfziger, in Tracht und grauem Trachtenhut mit großen Fasanenfedern, die beim Sprechen immer wieder zu vibrieren anfingen. Seine groben Bauernschuhe machten seine Erscheinung etwas plump, aber seine Größe und Fülle glichen das mehr als aus. Angezogen war er mit einer langen Hose aus feinem Hirschleder, einem weißen Hemd und einer leichten, beigen Leinenjacke. Am Hals hatte er noch ein Halstuch, weiß und blau, wie es sich für Münchener Halstücher gehört.

Herr Römer nahm sich einen Stuhl und setzte sich zwischen die beiden Schreibtische, damit er sowohl den Kommissar als auch Armin Staller gut im Auge hatte.

„Wie können wir dienen, Herr Römer?", fragte der Kommissar und sah dabei seinen Assistenten etwas verwundert an.

„Nun gut, Herr Kommissar, ich habe gestern mit Frau Simmer gesprochen, wissen Sie, sie ist mein Kontakt, wenn ich etwas brauche und Herr Werg nicht verfügbar ist, und sie hat mir von der schrecklichen Geschichte erzählt, die mit Herrn Werg, Gott hab ihn selig, passiert ist. Ist das nicht schrecklich, Herr Kommissar?"

Dabei holte er ein Taschentuch aus seiner Hosentasche, das etwa so groß war wie ein Küchenhandtuch und aussah wie eine bayerische Fahne. Er schnäuzte sich kräftig in das Taschentuch, wischte sich damit über die Stirn, legte es sorgfältig wieder zusammen und platzierte es umständlich wieder in seine Hosentasche.

„Ich hoffe, Sie finden ihn, Herr Kommissar, wo doch der Herr Werg so ein netter Mensch gewesen ist und wir immer so gute Geschäfte gemacht haben."

„Um welche Geschäfte handelt es sich denn?"

„Also, wie er seine Mutter, die Frau Brand, in das Pflegeheim bringen musste, hatte die Frau Brand doch dieses Haus, in dem sie zwar nicht mehr lebte, das ihr aber immer noch gehörte. Wir, ich meine, der Herr Werg und ich, wir haben dann dieses Haus einmal begutachtet und festgestellt, dass es viele wertvolle Sachen enthielt, die aber für den Herrn Werg, der ja der einzige Erbe ist, oder war, leider, nicht sehr viel bedeuteten, also haben wir ausgemacht, dass wir diese Sachen so nach und nach verkaufen. Was wir dann auch getan haben. Es war mal ein paar Tausend, dann wieder ein bisschen mehr, aber im Großen und Ganzen sind schon so um die zweihunderttausend Euro zusammengekommen. Jetzt ist nur noch das Haus da, aber das geht ja jetzt wohl an die Stiftung. Herr Werg hat mir von der Stiftung erzählt und mir auch gesagt, wie gut er es für seine Mutter noch gefunden hat, obwohl die ja scheinbar nichts mehr davon mitbekommt, die arme Frau. Demenz und so, glaube ich."

Daraufhin holte sich Herr Römer eine Dose Schnupftabak aus der Jackentasche, seine bayerische Flagge aus der Hosentasche, öffnete die Dose, gab zwei Häufchen des Tabaks auf seine geballte Faust und zog den Tabak genüsslich durch seine Nase, was ihn unweigerlich dazu brachte, niesen zu müssen, und er wiederum seine Flagge einsetzen musste, um das Schlimmste zu verhindern. Sichtlich zufrieden lehnte er sich in seinem Stuhl zurück und betrachtete die beiden Herren an ihren Schreibtischen, faltete sein Taschentuch sorgfältig zusammen und steckte es wieder in seine Tasche.

„Sein Vorhaben war ganz einfach, und das hat er mir nicht nur einmal erzählt, seiner Mutter noch ein paar schöne Tage zu machen. Deswegen auch das Heim am Starnberger See, was ja nicht gerade billig ist, wie ich gehört habe."

„Was waren denn das für Sachen?"

„Na ja, wie das so war, nach dem Krieg hat der Vater von dem Herrn Brand, der Mann von der Frau Brand also, die die Mutter ist vom Herrn Werg, also der Vater von dem Herrn Brand wie gesagt, war Arzt und nach dem Krieg haben viele Leute nicht bezahlen können, wenn sie was von ihm gebraucht haben, also haben die ihm eben Bilder oder andere Sachen gegeben. Von einem Bild kann man ja nicht abbeißen, oder? Also quasi als Ersatz für Geld, was sich später dann oft als gute Anlage herausgestellt hat. Der Sohn, also der Herr Brand, der Herr sei ihm gnädig, hat das alles nicht so genau genommen und einfach damit gelebt. Wahrscheinlich hat er gar nicht gewusst, welche Schätze er da hatte. Er war Finanzbeamter, später dann im Ruhestand, hat also ein gutes Auskommen gehabt, war auch nicht auf das Geld angewiesen, deswegen waren all diese Sachen auch noch da, wie die Frau Brand ausziehen musste. Kinder waren auch keine da, und so hat also der Herr Werg alles geerbt."

Der Kommissar machte sich Notizen in seinem kleinen Buch, Armin sah aus dem Fenster und Herr Römer sah sich im Büro des Kommissars um. Das Bild des bayerischen Ministerpräsidenten hing an der Wand gegenüber des Fensters, das Kreuz mit dem Jesus in der Ecke daneben und ein Karte von München an der noch freien Wand.

„Schön, dass Sie noch ein Kreuz mit unserem Herrn haben hier im Büro, Herr Kommissar. Sieht man nicht mehr so oft."

Damit lächelte Herr Römer dem Kommissar zu, legte seine Hände über seinen Bauch und wartete auf die nächste Frage.

„Wissen Sie, ob noch jemand anderer in diesem Haus war und von den Sachen dort wusste?"

„Nein Herr Kommissar, das weiß ich nicht. Ich war immer nur mit dem Herrn Werg dort. Ich weiß nur, und das hat mir die Frau Simmer einmal erzählt, dass die Frau Brand, die jetzt im Spital ist, die zweite Frau vom Herrn Brand war. Die erste ist wohl früh gestorben, was Genaues weiß ich nicht, aber es soll da einen Sohn aus erster Ehe gegeben haben. Ich habe einmal den Herrn Werg darauf angesprochen, aber der hat gemeint, dass dieser Sohn aus erster Ehe keinen Kontakt mehr mit seinem Vater hatte und der ihn deswegen enterbt hat. Das Erbe war nur auf den Herrn Werg geschrieben, das weiß ich, er hat mir das gezeigt, weil ich sicher sein wollte, dass wir auch berechtigt sind, die Sachen zu verkaufen. Und einmal war ein junger Mann da, der den Herrn Werg unbedingt sprechen wollte, aber wer das war, weiß ich nicht."

„Gut, Herr Römer, ich bräuchte dann eine Liste von all den Sachen, die Sie verkauft haben."

„Meine Assistentin wird das zusammenstellen, Herr Kommissar. War das dann alles?"

„Ja, danke, ich glaube, Sie haben uns ein gutes Stück weitergeholfen und danke, dass Sie sich die Zeit genommen haben, hier vorbeizuschauen."

„Grüß Gott dann, meine Herren, haben Sie sich wohl."

Damit stand Herr Römer umständlich von seinem Stuhl auf, richtete sich seine Jacke und drehte sich um zum Gehen.

„Schönes Kreuz haben Sie da an der Wand, Herr Kommissar. Wenn Sie einmal daran interessiert sind, es zu verkaufen, die gehen zurzeit sehr gut."

Damit legte er noch seine Visitenkarte auf den Schreibtisch, liftete leicht seinen Hut und ging mit einem „Grüße Sie Gott" aus dem Büro.

Kapitel 18

„Herr Gruber, guten Morgen. Wir hätten da noch ein paar Fragen."

Nach dem Besuch von Herrn Römer war dem Kommissar bewusst geworden, dass es also doch noch jemanden gab, der Interesse am Tod von Tobias Werg gehabt haben könnte.

„Nur mal angenommen", sagte er zu Armin, „nur mal angenommen, Armin, dass der Sohn aus erster Ehe doch nicht so glücklich darüber war, nicht im Erbe berücksichtigt gewesen zu sein. Auch weiterhin einfach mal angenommen, dass der Herr Werg sehr wohl diesen anderen Sohn kannte und mit ihm in Verbindung stand, dann würde es doch Sinn machen, dass die sich nicht gerade gut verstehen. Wir müssen herausfinden, wer dieser Herr Brand, der erste Sohn, ist."

Herr Gruber war nun am Telefon. Seine Sekretärin hatte ihn erst ausfindig machen müssen.

„Herr Gruber, bevor im Testament Herr Werg als Erbe eingesetzt wurde, gab es da noch jemand Anderen, den man dann enterbt hat."

„Allerdings ja, den gab es, aber das ist schon lange her. Das war der erste Sohn von Herrn Brand, der dann irgendwie in Schwierigkeiten gekommen ist und keinen Kontakt mehr mit seinem Vater haben wollte. Oder auch

umgekehrt, so genau weiß ich das nicht. Die erste Frau Brand ist bei einem Verkehrsunfall ums Leben gekommen und der Sohn hat scheinbar seinen Vater dafür verantwortlich gemacht. Jedenfalls ist er von zu Hause ausgezogen und hat sich irgendwie sehr jung schon alleine durchgeschlagen. Ich habe allerdings nichts mehr von ihm gehört, wir haben ihn auch nicht über die Änderung im Testament informiert, das müssen wir nicht. In den meisten Fällen wird das so gemacht, um keine schlechten Gefühle aufkommen zu lassen, wenn die, die vererben, noch leben, wenn Sie wissen, was ich meine."

„Ich weiß sehr wohl, was Sie meinen, manchmal haben wir dann mit diesen Konsequenzen zu leben. Wissen Sie denn, wo dieser Herr Brand sich jetzt aufhält?"

„Nein, das wissen wir nicht, aber wir können Ihnen die letzte Adresse zukommen lassen, die wir in den Akten haben. Vielleicht können Sie ihn damit finden."

„Wie heißt er den mit Vornamen, dieser Herr Brand, Herr Gruber? Können Sie uns das sagen?", sprang Armin Staller dazwischen, der am anderen Telefon die Unterhaltung mit anhörte.

„Ja, warten Sie, es ist schon eine Weile her, aber ja, jetzt fällt es mir ein, Martin heißt er, Martin Brand. Und die letzte Adresse, an die ich mich erinnere, war in Berlin, ich glaube Kreuzberg, bin mir aber nicht sicher."

„Danke Herr Gruber, Sie haben uns viel geholfen. Wenn er in Berlin lebt, werden wir das feststellen, wir haben ja unsere Kontakte."

„Ja, das ist allerdings richtig, ich hätte fast vergessen, dass Sie ja von der Polizei sind."

Eine Nachfrage im internen Melderegister fand die letzte

Adresse eines Martin Brand, der in Nürnberg geboren und dort bis zu seinem Umzug nach Berlin in der Straße seiner Eltern gemeldet war.

Kapitel 19

„Armin, es fügt sich alles wieder zusammen, wie es immer der Fall ist, früher oder später."

„Wie immer, Herr Wengler, wie immer."

Die Hitze lag immer noch über der Stadt, eine Glocke aus feuchter Luft, Staub und Abgasen, gemischt mit dem bisschen Luft, das dazwischen noch seinen Platz gefunden hatte. Es war nicht viel zu spüren von dieser Luft, weswegen einem auch das Atmen schwerfiel, besonders Herrn Wengler. Am liebsten hätte er sich mit einen Eisbeutel auf den Kopf ins Bett gelegt, hätte das Fenster und die Jalousien zugemacht und wäre erst wieder aufgestanden, wenn ihm jemand mitgeteilt hätte, dass das Thermometer wieder auf Optimaltemperatur zurückgefallen sei. Seine Optimaltemperatur. Träume, nichts als Träume, die man nicht erfüllt bekam, da man arbeiten musste, da die Unguten der Gesellschaft auf die Bedürfnisse der Guten keine Rücksicht zu nehmen bedacht waren. Also musste man weiter mit der Mattigkeit kämpfen, die einem nicht mehr losließ und den Verstand zu rauben drohte.

Jeder, der auch nur irgendwie konnte, war aus der Stadt geflohen, war in den Norden gefahren, um sich dem Inferno zu entziehen. In den vielen Jahren davor machte man die Reise in den Süden, an den Strand, in den heißen Sand der italienischen oder spanischen Gefilde, dieses Jahr jedoch konnte man nicht genug von der Ostsee oder Nordsee bekommen, wenn auch die Gründe dafür nicht unbedingt in der Schönheit

der Gegend lagen, sondern eher an der Brise der na-
türlichen, nördlichen Klimaanlage. Es war dort einfach kalt im Gegensatz zum Süden Deutschlands, was
diesen Regionen einen unerwarteten und in gewisser
Weise nicht ganz unverdienten Aufschwung bescherte.

Herr Wengler hielt nichts von Urlaub, er meinte
immer, das sei hinausgeschmissenes Geld, Geld, das
man besser anlegen konnte, als es in Hotels auszuge-
ben, die immer viel zu teuer waren, in Essen zu inves-
tieren, das ihm immer nur Sodbrennen verursachte,
und in Reisen, die meist auf stundenlanges Warten
hinausliefen, sei es am Flughafen, am Bahnhof oder
auf der Autobahn. Man wartete irgendwo, um dort
hinzukommen, wo man überhaupt nicht sein wollte.
Er hatte es nie verstanden, wie Menschen sich das an-
tun konnten, nur um ihrem Haus zu entfliehen, in das
sie nach all den Strapazen dieser so schönen Ferien
wieder zurückkehren mussten. Wenn es so schlimm
war, zu Hause zu sein, wie musste es dann erst
schlimm sein, wieder dort anzukommen. Und wenn
diese Leute dann über ihre Reisen sprachen, waren sie
so entrückt von der Wirklichkeit, dass sie sogar aus
Montezumas Rache noch ein Abenteuer konstruieren
konnten, das seinesgleichen suchte.

Sie waren in die Chiemgaustraße gefahren. Nach
dem Gespräch mit Herrn Römer hatten sie im Melderegister nach einem Martin Brand gesucht und ihn im
Polizeizentralcomputer auch gefunden. Kleine Straf-
taten, kleine Stehlereien, die ihm nichts Großes einge-
bracht hatten, weder an Vermögen noch an Strafen,
hatten ihn polizeilich bekannt werden lassen. Es war

ein Bild im Computer, das man vorhatte dem Hausmeister zu zeigen, nur um herauszufinden, ob er sich
eventuell dort einmal aufgehalten hatte.

Man traf den Hausmeister, Herrn Moosrieder, im
Hinterhof, wo er gerade mit einem Reisigbesen verge-
bens versuchte, dem Staub Herr zu werden. Auch das
Wasser, das er wohl kurz vorher aufgesprüht hatte,
half nicht. Es verdampfte so schnell, wie es den Boden
berührte.

„Glauben Sie mir, meine Herren, es ist unmöglich,
auch nur irgendwas sauber zu kriegen, auch wenn
man sich so anstrengt, wie ich es jeden Tag mache. Sehen Sie sich das an, bei mir läuft das Wasser nur so an
mir runter und hier auf dem Boden verdampft es wie
auf einer Ofenplatte."

Damit öffnete er einen weiße Styroporkiste, die bis
zum Rand mit Eis und Bier gefüllt war.

„Wollen's eins, Herr Kommissar? Sie sehen mir so
aus, als könnten's eins vertragen. Ich hoff, Sie fallen
nicht gleich um. Kommen's, wir gehen ins Haus, da
ist es nicht so heiß."

Herr Moosrieder ging voraus ins Haus, in der einen Hand den Styroporkasten und in der anderen
seine Flasche Bier, die er noch vor Erreichen der
Haustür in einem Zug fast gänzlich geleert hatte.

Er hatte sich eine kleine Werkstatt eingerichtet,
eine selbstgebaute Werkbank aus Holz, das er wohl
irgendwo gefunden hatte. Ein Schraubstock, eine großen Holzkiste mit allen möglichen Werkzeugen und
eine Reihe von Gartengeräten hingen ordentlich der
Größe nach sortiert an der Wand. Auch ein Sessel und

ein kleiner Tisch waren in der Ecke, nicht mehr ganz neu, und sichtlich gut benutzt. Es sah aus wie ein Refugium für die erträumte Einsamkeit. Man konnte sicher sein, dass dort alle Spiele von 1860 München verfolgt wurden, ob gewonnen oder verloren. Man konnte darauf schließen, da die freien Wände mit Plakaten von vergangenen, erfolgreicheren Tagen behängt waren. Aber das war lange her.

„Setzen Sie sich doch, meine Herren, nehmen Sie sich eine von den Kisten. Bin nicht eingerichtet auf Besuch, müssen's wissen. Und nehmen Sie sich doch ein Bier, schadet doch nichts. Und ich werd's auch niemand erzählen."

„Haben Sie diesen Mann schon einmal hier gesehen, Herr Moosrieder?"

Damit übergab der Kommissar dem Hausmeister das Bild, das man aus dem Computer ausgedruckt hatte.

„Aber ja, das ist doch der Martin. Sieht ein bisschen anders aus auf dem Bild, ein bisschen jünger, aber könnte passen. Die Haar sind auch ein bisschen länger, aber das ist ja so bei den Jungen heute, nicht wahr. Ein netter junger Mann, immer ganz hilfsbereit und gesprächig. Haben uns immer lang unterhalten, der wollte immer hier einziehen und hat mich gefragt, ob ich was wüsste und ob was frei wär und so. Er hat mir erzählt, dass er früher hier gewohnt hat und wieder nach Giesing ziehen wollte, in die Nähe wo er aufgewachsen ist, aber da war doch nichts frei. Außer in dieser Wohngemeinschaft im zweiten Stock, da ist was frei geworden und da ist er dann auch eingezogen, nur übergangsweise, wie er immer gesagt hat. Ist aber auch schon wieder weg seit Anfang der Woche. Einfach so, ohne auf Wiedersehen zu sagen, einfach so. War gar nicht seine Art, irgendwie. Ich hab dann die Anderen in der Wohngemeinschaft gefragt und die haben mir gesagt, er musste plötzlich weg, weil seine Mutter krank geworden ist."

„Seine Mutter lebt seit Jahren nicht mehr, Herr Moosrieder. Hat er sich noch mal gemeldet, seit er weg ist?"

„Nein, nicht mehr diese Woche. Ich wollte ihm sagen, dass doch jetzt die Wohnung vom Herrn Werg frei geworden ist. Vielleicht hätte er die ja gewollt, nicht wahr? Ich mein, die ist doch frei, oder?"

Herr Moosrieder nahm sich noch eine Flasche Bier aus dem Styroporcontainer, schnippte den Drahtverschluss auf und lehrte auch diese in einem Zug. Danach wischte er sich mit dem Handrücken übers Gesicht und rülpste mit einem dumpfen Grollen, das aus seinem tiefsten Inneren zu kommen schien.

„Wollen's wirklich keins, Herr Kommissar?"

Kapitel 20

Man hatte Martin Brand zur Fahndung ausge-
schrieben. Allem Anschein nach war er am Tag
der Tat plötzlich abgereist und hatte keine Adresse
hinterlassen. Dies mochte nichts bedeuten und reiner
Zufall sein, man wollte aber sicher gehen und mit ihm
sprechen.

Da seine letzte Adresse in Berlin war, kontaktierte
man die dortigen Kollegen zuerst, vielleicht würde
sich ja etwas ergeben, wenn die Chancen auch nicht
gut standen, da erstens Berlin sehr groß war und
zweitens man sich dort nicht sehr freute, auch noch
für die Kollegen in München arbeiten zu müssen.

In einem für Kommissar Wengler nicht ganz ver-
ständlichen Dialekt und etwas gehetztem Ton hatte
der Polizist am anderen Ende der Leitung so etwas
wie „kommt doch her und schaut euch doch selbst
um" gemurmelt, aber da war er sich nicht ganz sicher,
da er, wie gesagt, nicht alles verstanden hatte und er
sich auch nicht vorstellen konnte, dass man in Berlin
nichts von Amtshilfe wissen wollte.

„Das wäre schon ein großer Zufall, wenn die was
rausfinden würden, Herr Kommissar", sagte Armin,
nachdem dieser den Hörer aufgelegt hatte und nachdenklich geworden war. Er wollte das Gespräch
nochmals in seinem Kopf durchspielen und herausfinden, ob er denn alles richtig mitbekommen hatte.

„Vielleicht müssen wir doch nach Berlin und ihn
selber finden."

„Herr Kommissar, erstens wissen wir ja gar nicht, ob er überhaupt dort ist, und zweitens können wir hier nicht weg, schon gar nicht nach Berlin, wenn Sie verstehen, was ich meine."

„Verstehe Dich sehr gut, Armin, und ich gebe Dir recht. Soweit sollte unsere Gewissenhaftigkeit nun auch wieder nicht gehen, dass wir bis da nach oben fahren. Die können ruhig mal was für uns machen."

Damit waren die Fronten geklärt, es war nicht möglich und wenig sinnvoll, nach Berlin zu reisen, und beide ließen sich anmerken, dass dieser Entschluss keinen von beiden wirklich traurig machte. Im Gegenteil, man lächelte sich verständnisvoll an.

Das Telefon klingelte.

„Das ging aber schnell mit Berlin", sagte Armin Staller und nahm den Hörer ab. Der Kommissar tat dasselbe.

„Maximilian Gruber, Grüß Gott Herr Kommissar, wie geht es Ihnen denn?"

Der Kommissar und Armin Staller sahen sich an und fragten sich, was das wohl werden sollte.

„Herr Gruber von Gruber und Partner, wenn Sie sich erinnern, wir haben vor ein paar Tagen miteinander telefoniert."

„Ja, sicher erinnern wir uns, was können wir denn für Sie tun, Herr Gruber?"

„Eine seltsame Geschichte, Herr Kommissar. Gerade hat ein junger Mann bei mir angerufen, der meinte, er hätte den verstorbenen Herrn Werg gekannt, und da dieser jetzt nun nicht mehr lebt, ob er denn dann der Erbe wäre von dem Ganzen, was der Herr Werg bekommen hat. Ich habe ihn gefragt, wer er denn sei, und da sagte er mir, er sei der Sohn von Herrn Brand, aus der ersten Ehe, also nicht von der Frau Brand, die jetzt im Seniorenheim ist. Martin Brand sei sein Name, hat er gesagt, und ob es denn jetzt sein Geld wäre. Ich habe ihm gesagt, dass das nicht der Fall sei, ihm allerdings auch nichts Weiteres sagen kann, da ich keine Auskünfte in solchen Fällen geben darf. Er hat dann noch weiter gefragt und gemeint, er sei doch Familie und so, aber wie ich ihm dann noch mal gesagt hab, dass das keine Rolle spielt, hat er einfach aufgelegt."

„Wissen Sie, woher er angerufen hat? Sie haben doch sicher einen Weg herauszufinden, welche Nummer das war."

„Ja, das ist das Seltsame, er rief von Frau Simmer aus an. Die Anzeige auf dem Display war ihre Nummer."

„Wir danken Ihnen, Herr Gruber, und wenn er noch mal anruft, lassen Sie uns das bitte wissen. Danke und auf Wiedersehen."

Jeder legte seinen Hörer auf den Apparat. Der Kommissar schlug sein weißes Buch auf, blätterte darin herum und wählte, als er sie gefunden hatte, die Nummer von Frau Simmer.

„Frau Simmer, gut dass wir Sie antreffen, wir haben gerade von Herrn Gruber gehört, dass bei Ihnen ein Mann namens Martin Brand war. Ist das richtig?"

„Ja, Herr Kommissar, ein netter junger Mann. Er hat mir erzählt, dass er meine Adresse von Herrn

Werg hatte und er mit mir reden müsste, wegen der Erbschaft und so, aber ich hab ihm gesagt, dass ich da nichts weiß, und ihm dann die Nummer von Herrn Gruber gegeben, den er dann auch angerufen hat. Dann hat er ganz plötzlich aufgelegt und ist wieder gegangen."

„Wissen Sie denn, warum er bei Ihnen war?"

„Ja, er wollte doch so viel wissen vom Tobias, wo er aufgewachsen ist und so. Warum er das wissen wollte, weiß ich nicht, aber wir haben lange miteinander geredet."

„Und wissen Sie, wo er jetzt ist?"

„Nein Herr Kommissar, er hat gesagt, dass er noch seine Mutter besuchen will. Er hat mir Bilder von ihr gezeigt, eine nette Frau, aber die Bilder waren schon sehr alt und er hat mir gesagt, dass er leider keine besseren hat, und dabei wurde er auf einmal sehr traurig."

„Waren das Bilder von Frau Brand, der Mutter von Tobias Werg?"

„Nein, keine Bilder von der Maria, nein, von seiner Mutter, wie ich doch schon gesagt habe."

„Und dann ist er gegangen?"

„Ja, und er war seitdem auch nicht mehr hier."

„Danke Frau Simmer, wenn Ihnen noch etwas einfällt, rufen Sie mich doch bitte sofort an. Meine Nummer haben Sie doch, nicht wahr?"

Das Gespräch war beendet und hatte mehr Fragen als Antworten gebracht. Wer war dieser Mann, der so krampfhaft versuchte, die Vergangenheit von Tobias Werg zu erforschen.

„Armin, wir müssen das Seniorenheim benachrichtigen, dass sie keinen zu Frau Brand lassen. Wer weiß, was der noch vorhat."

Kapitel 21

Die Stunden vergingen, ohne dass einer von den beiden etwas zu sagen hatte. Der Kommissar blickte meistens aus dem Fenster, sog tief Luft ein und schüttelte hin und wieder seinen Kopf. Armin tippte am Computer den Bericht, sah in den Akten nach, las Berichte von den Kollegen der Spurensicherung und war ansonsten in den täglichen Gewöhnlichkeiten des Polizeidienstes vertieft.

Das Telefon klingelte wieder. Es war wieder die Pforte und wollte wissen, ob man einen Herrn Brand nach oben schicken könne.

Fünf Minuten später stand ein Polizist von der Bereitschaft mit Herrn Martin Brand in der Tür und stellte ihn den beiden Kommissaren vor.

„Hier ist der Herr Brand, Herr Kommissar, Wir haben ihn vor der Wohnung abgefangen. Er lief uns direkt in die Arme."

„Ja, gute Arbeit, Sie können gehen. Und Sie, Herr Brand, setzen sich bitte hierher", wobei der Kommissar auf den Stuhl zeigte, der vor seinem Schreibtisch stand. Man hatte erst vor einigen Stunden an alle Streifenwagen eine Meldung mit Bild herausgegeben, dass man einem Herrn Martin Brand suchen würde. Dennoch war es überraschend schnell gelungen, ihn zu fassen.

„Das ist aber eine Überraschung, muss ich sagen, Herr Brand. Wir hätten nicht gedacht, dass Sie so schnell den Weg hierher finden."

Dabei sah der Kommissar Armin sehr verwundert an, der zu dieser Aussage nur zustimmend nicken konnte.

Herr Brand war ein Mittdreißiger, ein gut aussehender Mann, der scheinbar schon Einiges in seinem Leben erlebt hatte. Das Bild, das man von ihm hatte, wurde seinem Erscheinen in keiner Weise gerecht, man konnte ihn darauf erkennen, aber das war auch schon alles. Er setzte sich hin, schlug ein Bein über das andere und fragte, ob er ein Glas Wasser haben könne.

„Ich weiß, dass Sie mich suchen, Herr Kommissar, das heißt, ich dachte mir das, da ich etwas überstürzt aus der WG abgehauen bin, am Montag. Aber ich habe nichts mit dem Tod von Herrn Werg zu tun, das müssen Sie mir glauben. Ich war gar nicht mehr in München, wie das passiert ist, ich bin schon sehr früh morgens nach Berlin gefahren, mit dem Zug um vier Uhr zwanzig, vom Hauptbahnhof aus. Gestern bin ich dann zurückgekommen und habe es erfahren, der Hausmeister hat es mir erzählt und hat mir auch gesagt, dass Sie ein Bild von mir haben und ihn nach mir gefragt haben. Ich wollte aber noch, bevor ich hierherkomme, nach Pfarrkirchen fahren, um zu klären, was es mit der Erbschaft auf sich hat. Ich wusste nicht, wer das handhabt, aber ich wusste von Frau Simmer, also bin ich hingefahren und habe mit ihr gesprochen. Ich wäre sowieso gekommen, auch wenn Sie mich nicht aufgegriffen hätten."

„Herr Brand, das wissen wir alles, das müssen Sie uns nicht erzählen, kommen wir zu dem Punkt, warum Sie hier sind."

Der Kommissar hatte sich das alles bis dahin ganz ruhig angehört, wollte aber nicht den Rest des Tages damit verbringen, Dinge zu erfahren, die er ohnehin schon wusste. Es war immer noch drückend heiß und das war nicht gerade zuträglich für seine Stimmung. Er wollte eine Dusche, er wollte sich umziehen, er wollte ganz einfach wieder angenehm riechen und sich auch dementsprechend fühlen.

Martin Brand rutschte unruhig auf dem Stuhl hin und her und sah nacheinander den Kommissar und Armin Staller an.

„Also, Herr Brand, erzählen Sie."

„Herr Werg und ich haben uns gekannt, Herr Kommissar. Nicht dass wir Freunde waren, aber wir haben

uns ein paar Mal gesehen. Nachdem mein Vater gestorben war, bin ich einige Male in mein Elternhaus gefahren und vor einem halben Jahr habe ich dann zufällig Herrn Werg dort getroffen. Der war mit einem Mann da, der sich alles angeschaut hat, als wollte er alles kaufen. Die haben Listen gemacht und Preise verhandelt und so weiter. Ich habe mich vorgestellt und ihm gesagt, wer ich bin, und er hat mir gesagt, dass er dieses Haus auflösen werde, da mein Vater nun tot sei und seine Mutter in ein Seniorenheim muss. Wegen der Krankheit, die sie hat, Dementis oder so. Ich habe ihm gesagt, dass das nicht geht, dass es mein Elternhaus ist und ich das haben möchte, und er hat nur gesagt, dass es zu spät sei, mein Vater hätte mich enterbt und alles würde nun seiner Mutter gehören und seine Mutter hat alles ihm vermacht und ich hätte hier nichts mehr zu melden."

Martin Brand nahm einen kräftigen Schluck Wasser und setzte sich wieder gerade hin.

„Das geht doch nicht, Herr Kommissar, das kann man doch nicht machen, ich bin in diesem Haus aufgewachsen, das ist mein Haus, das kann man mir doch nicht so einfach wegnehmen."

„Das kann ich nicht beurteilen, Herr Brand", antwortete der Kommissar, „nur hatte der Herr Werg recht, wenn Sie enterbt sind, bekommen Sie nichts. Dafür kann Herr Werg nichts, das hat ihr Vater so bestimmt."

„Ja, das hat mir auch dieser Anwalt erzählt, und wenn das so ist, ich meine rechtlich, dann soll es eben so sein. Jedenfalls wollte ich noch mit Herrn Werg reden und bin extra von Berlin nach München gefahren und habe in demselben Haus gewohnt, nur für ein paar Wochen, da in dieser Wohngemeinschaft. Es war billiger als ein Hotel und die waren froh, dass jemand einen Anteil von der Miete bezahlen konnte. Herr Werg war nicht oft zu Hause, wir haben nur ein paar mal miteinander gesprochen und er war dann immer sehr aggressiv, er wollte nur, dass ich ihn in Ruhe lasse, ihn, der mir mein ganzes Erbe gestohlen hat."

Die letzten Sätze kamen ein wenig lauter heraus, als Martin Brand das wohl wollte. Man spürte, dass er innerlich mehr kochte, als er sich den Anschein geben wollte.

Mittlerweile hatten ein paar Tauben auf dem Fenstersims angefangen, sich um den wenigen Platz zu streiten, den es dort gab. Alle Beteiligten mussten auf einmal in diese Richtung blicken, als gäbe es etwas zu versäumen. Der Straßenlärm drang herein und wurde, wie jeden Nachmittag um diese Zeit, immer unerträglicher. Es war

jeden Tag so, als hätte man die Schleusen geöffnet und das Wasser fing an zu rauschen, nur dass dieses Wasser aus unendlich vielen Menschen bestand, die alle auf einmal in dieselbe Richtung mussten. Heraus aus den Häusern, in die Welt, in andere Häuser.

„Es tut mir leid, was mit Herrn Werg passiert ist, das müssen Sie mir glauben, auch wenn Sie denken, ich hätte etwas damit zu tun. Ja, vielleicht bin ich nicht gerade traurig, dass es so gekommen ist, aber umgebracht habe ich ihn nicht."

„Herr Brand, wir werden Ihr Alibi überprüfen, und wenn es wirklich so ist, wie Sie sagen, brauchen Sie sich keine Sorgen zu machen. Wer hat Sie denn am Bahnhof hier in München und in Berlin gesehen?"

„Ich weiß es nicht, wer mich gesehen hat, und in Berlin bin ich sofort in meine Wohnung und habe dort alles in Ordnung gebracht, Post durchgeschaut und so. Man muss ja ab und zu nach dem Rechten sehen, wenn man nicht da ist."

„Herr Brand, ich verstehe eines nicht und das müssen Sie mir erklären. Sie ziehen nur nach München, um Herrn Werg zu sprechen, wohnen hier, nur um ihn zu sehen, ich kann das nicht glauben. Man kann telefonieren, man kann sich Emails schicken, aber nur um jemanden zu sprechen, zieht man doch nicht um. Was war der Grund, dass Sie nach München gezogen sind?"

Andreas Potschenrieder kam ins Büro. Polizeiwachtmeister Andreas Potschenrieder war in den Innendienst versetzt worden, da er ein wenig zu hart
zugegriffen hatte, als sich jemand wehrte, in seinem
Isar-10-Wagen Platz zu nehmen. Polizeiwachtmeister
Potschenrieder stand an der Tür und schien nicht zu
wissen, was er machen sollte. Nachdem der Kommissar ihm zugenickt hatte, bewegte er sich in Richtung
seines Schreibtisches und sagte: „Hier ist ein Fax aus
Berlin, Herr Kommissar", wobei er ihm dieses übergab.

„Danke Andreas."

Andreas Potschenrieder blieb noch ein wenig stehen und wartete, ob denn da noch etwas kommen
sollte. Dann drehte er sich langsam um und ging zur
Tür.

Der Kommissar nahm das Fax und las es kurz
durch. Als er sah, was geschrieben war, nahm er sich
die Zeit, es genauer zu lesen. Danach sah er Herrn
Brand an, sah zu Armin und sagte: „Andreas, kommen Sie doch noch einmal herein", worauf Andreas
sich umdrehte und in die Nähe der Tür stellte. Andreas Potschenrieder war ein großer, stämmiger Mitt-
vierziger, mit großen Händen und einem noch größe-
rem Herzen. Er konnte eine kleine Katze vom Baum
holen, wenn man ihn gerufen hatte, um so etwas zu
erledigen, oder auch ein bisschen kräftiger zufassen,
wenn es denn nötig war. Das mit der Tierrettung för-
derte nicht seine Karriere, das mit dem Zufassen
brachte ihn immer wieder in den Innendienst.

Nun also stand er an der Tür und wartete, was da
kommen sollte.

„Bleiben Sie dort stehen, Andreas, und warten Sie ein wenig."

„Mach ich, Herr Kommissar, mach ich."

„Dieser junge Mann, der uns hier gegenübersitzt", sagte der Kommissar zu Armin, „dieser junge Mann, Armin, ist scheinbar nicht der, den er vorgibt zu sein. Dieser junge Mann ist nicht Martin Brand, wie es aussieht, es ist ein Mann namens Dieter Salesowich, wohnhaft in Berlin, dieselbe Adresse, in der Martin Brand gewohnt hat, und ich glaube, dass uns Herr Salesowich, oder der vorgegebene Herr Brand, oder wie immer dieser junge Mann hier heißt, sicher bald erzählen wird, was es damit auf sich hat. Habe ich recht, Herr, wie war doch der Name?"

Auf dem Fax aus Berlin standen noch mehr Einzelheiten bezüglich des Mannes, der dem Kommissar gegenübersaß. Man hatte ein Bild von Martin Brand nach Berlin geschickt und die Nachricht bekommen, dass dieser vor etwa sechs Monaten einem Verkehrsunfall erlegen war und seit diesem Tag ein Anderer seinen Namen angenommen zu haben schien. Dieser Andere war Dieter Salesowich, der eine kurze, aber erfolgreiche Zeit als Kleinkrimineller hinter sich hatte und dachte, mit dem neuen Namen auch ein neues Leben anfangen zu können. Man war auf diesen Herrn Salesowich gestoßen, als man festgestellt hatte, dass ein gewisser Herr Martin Brand mit Kreditkarten Hotels, Einkäufe, Bahnkarten und so weiter bezahlt hatte, ohne die Rechnungen dieser Kreditkarten später zu begleichen. Als die Geschädigten das nun bei der Polizei in Berlin angezeigt hatten, stellte sich heraus, dass dieser Martin Brand bereits vor längerer Zeit gestorben war und jemand Anderer seinen Namen benutzte. Es bedurfte nicht lange, bis man wusste, wer es war, da Dieter Salesowich polizeilich bekannt und sein Bild in der Kartei gespeichert war.

„Ich denke, Herr Salesowich, dass diese Meldung hier einiges ändert, auch die Tatsache, über die wir uns hier unterhalten. Es geht nun nicht mehr um eine Erbschaft, wie Sie uns seit einer halben Stunde weiszumachen versuchen, es geht um einiges mehr."

Dieter Salesowich war sichtlich eingebrochen. Seine Hautfarbe hatte von normal oder sogar etwas rötlich auf aschfahl geändert, es schien, als wäre sein ganzes Blut vom Kopf in die Hose geflossen.

„Erzählen Sie uns doch einmal, wie Sie darauf gekommen sind, den Namen von Martin Brand anzunehmen, Herr Salesowich."

Dieter Salesowich saß in sich zusammengesunken in seinem Stuhl, sah den Kommissar, dann wieder Armin an und ließ seinen Blick hinüber zur Tür schweifen, um festzustellen, dass es keinen Sinn machte, entkommen zu wollen. Nicht solange Andreas Potschenrieder an dieser Tür stand.

Dieter Salesowich sprach leise, man hatte den Eindruck, er wollte es erzählen, aber es sollte niemand hören.

„Martin und ich, wir wohnten in einer WG in Berlin zusammen, mit noch ein paar anderen Leuten und er hat mir immer erzählt, was er für ein schönes Haus hatte in Nürnberg, und wenn seine Stiefmutter erst mal tot ist, würde er alles erben und so. Er sei der einzige Sohn und nach dem Gesetz stünde ihm das alles zu, meinte er. Wir haben oft darüber geredet und er hat mir Bilder gezeigt von seinem Haus und den Sachen, die dort alle waren, die sein Großvater noch gesammelt hat. Tausende seien diese Sachen wert, hat er mir erzählt, und wenn es erst einmal so weit ist, wird er keine Geldprobleme mehr haben."

Dieter Salesowich musste nachdenken, Luft holen und sich wahrscheinlich die Worte ausdenken, die er dem Kommissar zutragen wollte, ohne sich in ein falsches Licht zu stellen, wenn das überhaupt noch möglich war. Er nahm das Glas Wasser und leerte es bis zum letzten Tropfen.

„Also dann hat er diesen Unfall gehabt, so ein Besoffener ist ihm voll draufgefahren, er war sofort tot. Da seine Adresse in Berlin war, hat man uns kontaktiert, um ihn zu identifizieren, das heißt, eigentlich nur mich, aber ich musste dann zur Polizei und habe denen gesagt, wer er ist. Dann habe ich mir überlegt, weil er ja immer erzählt hat, dass es keine Verwandten mehr gab und seine Stiefmutter schon ziemlich demenzkrank war, dass es doch keine Rolle spielen würde, wenn ich anstatt ihm diese Erbschaft mache. Es war ja keiner mehr da, und alles nur dem Staat zu geben, war ja auch nicht gerade sehr schlau, habe ich mir gedacht, also ich schade doch niemandem damit, habe ich mir gedacht, und bin einfach mal nach Nürnberg gefahren und hab mir das Haus angesehen. Als ich dort war, war die Tür offen und zwei Männer waren im Haus und haben alles aufgeschrieben, was es ist und was es wert ist und so, und der jüngere hat mir gesagt, dass dies alles verkauft werden würde und er dafür sorgen würde, dass es der Frau Brand, seiner

Mutter, die letzten Jahre noch gut gehen soll. Ich habe ihm gesagt, dass ich der Martin Brand bin, und da hat er nur gemeint, dass er nichts von mir wüsste und ich doch bitte den Anwalt kontaktieren soll. Allerdings hat er mir nicht gesagt, wer das ist, sondern nur, dass ich nun bitte gehen soll. Ich hab dann im Internet seine Adresse herausgefunden und wollte ganz einfach mehr erfahren, wie ich zu dem Geld komme und so, und deshalb bin ich ihm gefolgt, habe mich da in die WG in der Chiemgaustraße eingemietet. Das ist alles. Umgebracht habe ich ihn nicht, Herr Kommissar, dass müssen Sie mir glauben."

Der Kommissar und Armin Staller sahen sich an und schüttelten etwas verständnislos die Köpfe. Man hatte ja schon viel gehört in diesem Zimmer, aber das war eine der Geschichten, die man nicht erfinden konnte, die musste man erlebt haben.

„Ich muss gar nichts glauben, Herr Salesowich, ich muss nichts von alledem glauben, was Sie mir erzählt haben, aber gehen wir einmal davon aus, dass es stimmt, was Sie uns gerade hier aufgetischt haben, dann hätten Sie doch sehr großes Interesse am Tod von Herrn Werg gehabt. Nur wenn er tot ist, konnten Sie sich doch Hoffnung auf das große Erbe machen, wenn das auch ein bisschen naiv war, da Sie sicher hätten beweisen müssen, wer Sie sind."

„Ich hatte die Geburtsurkunde von Martin und wir sahen uns ein bisschen ähnlich und außerdem war er seit Jahren nicht mehr in Nürnberg, da er sich mit seinem Vater zerstritten hatte, und dort hätte man ihn sicher nicht mehr erkannt. Ich war mir sicher, dass das gut gehen würde. Ich wusste auch, wo er zur Schule ging, hab seine ganzen kleinen Habseligkeiten durchgeschaut, die er sich in einer Schuhschachtel aufgehoben hatte. Sein ganzes Leben war in einer Schuhschachtel, Herr Kommissar, in ein paar Bildern, ein paar Fotos von seiner Mutter, von dem Haus, sein Freischwimmerzeugnis und alte Schulfotos aus der zweiten und dritten Klasse. Ich hätte schon etwas fabrizieren können, hätte mich jemand gefragt."

"Nicht schlecht, Herr Salesowich, wie Sie das vorbereitet haben. Und wie erklären Sie sich den Tod von Herrn Werg, wenn Sie es nicht waren, für den Sie einen guten Grund gehabt hätten."

"Erstens hatte ich keinen Grund, da ich noch nicht sicher war, ob ich erben würde, wenn das der Fall ist, und zweitens war ich wirklich an diesem Tag in Berlin, da ich nicht wollte, dass das mit Martin herauskommt. Meine zwei Mitbewohner mussten ausziehen, und da ich der Mieter der Wohnung war, musste ich das kündigen und so. Außerdem wollte ich in die Chiemgaustraße ziehen, und das für die nächste Zeit, bis ich herausgefunden habe, was ich machen kann."

"Nichts hätten Sie machen können, Herr Salesowich, nichts, da alles in einer Stiftung ist…"

"Was ich nicht wusste, Herr Kommissar, was ich nicht wusste, das habe ich erst gestern herausgefunden."

Dieter Salesowich fuhr dem Herr Kommissar ins Wort und wurde dabei ein bisschen lauter.

Kapitel 22

Man hatte an diesem Abend Herrn Salesowich noch abführen und in die Zelle bringen lassen. Manchmal hilft es, nachzudenken und etwas Ruhe zu haben, meinte der Kommissar zu Herrn Salesowich und bat Andreas, ihn über Nacht dazubehalten.

Am nächsten Morgen ging es weiter. Es war Freitag, das Wochenende stand vor der Tür. Ein heißes Wochenende, aber nur der Gedanke, an der Isar zu sitzen, die Füße in das kalte Wasser zu hängen und einfach bewegungslos die Seele baumeln zu lassen, war es wert, diesen Tag noch so gut wie möglich über die Runden zu bekommen.

Armin Staller hatte am Tag zuvor noch einige Erkundigungen eingeholt und man wartete darauf, Herrn Salesowich damit zu konfrontieren.

„Also Herr Salesowich", fing der Kommissar an, nachdem man ihn wieder in das Zimmer geführt hatte, „Sie sind also am Montag mit dem ersten Zug, der um vier Uhr zwanzig vom Hauptbahnhof wegfährt, nach Berlin gefahren? Welche Strecke sind Sie denn gefahren?"

„Na, wie immer, Herr Kommissar, München, Nürnberg, Hof, Dresden und Berlin. Gibt es noch eine andere Strecke?"

„Und wann waren Sie in Berlin?"

„Was soll das, Herr Kommissar, ich weiß nicht genau, wann der Zug ankommt, aber das lässt sich doch leicht herausfinden."

„Und das haben wir getan, Herr Salesowich. Sie haben uns gesagt, dass sie gegen Mittag mit dem Vermieter geredet haben und dann den Nachmittagszug wieder zurück genommen haben."

„Ja, so gegen halb zwölf oder so, genau weiß ich das nicht mehr, habe ich mit dem Vermieter geredet. Der Zug muss also gegen halb elf angekommen sein."

„Normalerweise ja, aber in diesem Fall nicht, Herr Salesowich, da der Zug leider in Hof wegen einer Störung für fast zwei Stunden stehen musste, also erst gegen ein Uhr im Hauptbahnhof Berlin ankam. Sie hätten also frühestens gegen zwei Uhr mit dem Vermieter sprechen können."

Das schien den Herrn Salesowich etwas aus dem Konzept zu bringen, jedenfalls fing er an, seine Hände zu massieren und sich seine Finger zu kratzen. Er sah den Kommissar und Armin nacheinander an und ärgerte sich sichtlich, dass er ertappt wurde.

„Des Weiteren haben wir herausgefunden, dass wirklich jemand mit Herrn Krämer gesprochen hat, wegen der WG, meine ich, und dieser jemand, wer immer das auch war, den Vertrag an diesem Tag gekündigt hat. Er wusste das so genau, da er schon fertig war, zum Essen zu gehen, und ihm das nicht gerade gelegen kam, aber er es dennoch schnell hinter sich bringen wollte, da der Wohnungsmarkt in Berlin bekannterweise sehr angespannt ist und er froh war, dass Sie die Wohnung aufgeben. Da er Sie persönlich nicht kannte, haben wir Sie ihm beschrieben und er meinte, dass das auf keinen Fall der Mann war, der bei ihm die Wohnung gekündigt hat. Wer war das also, Herr Salesowich?"

Schweigen unterbrach die Rede des Kommissars, eisiges Schweigen. Man spürte in jedem Winkel des Zimmers, dass hier jemand schwer verwundet war und darauf wartete, den Todesstoß zu bekommen. Auch das Kreuz im Winkel konnte da nicht mehr helfen.

„Es war mein Bruder, Herr Kommissar, er hatte meinen Ausweis, aber das ist doch nicht strafbar."

„Nein, Herr Salesowich, das ist nicht strafbar, jedenfalls nicht im direkten Sinne. Was strafbar ist, ist Mord, und zu dem Zeitpunkt, an dem Tobias Werg ermordet wurde, haben Sie auf einmal kein Alibi mehr. Um das weiterzuführen, Sie sind wahrscheinlich beim ersten Halt des Zuges wieder ausgestiegen und zurück nach München gefahren. Der Schaffner im Zug nach Berlin erinnert sich sehr gut an Sie, da Sie ihn mit irgendwelchen Fragen gelöchert haben, sehr wahrscheinlich nur damit er sich an Sie erinnert. Und das war vor Nürnberg. Dann hat er Sie nicht mehr gesehen. Sie hätten, nach unserer Rechnung, wieder gegen acht Uhr in München sein können und keiner würde sich an Sie erinnern, da Sie ganz einfach in der Menge am Bahnhof, die, wie Sie wissen, um diese Zeit gewaltig ist, untergetaucht sind wie ein Tropfen Wasser in einem See."

Dieter Salesowich sah zur Tür, an der immer noch Polizeiwachtmeister Potschenrieder postiert war, nur zur Sicherheit.

„Sie waren auch bei Frau Simmer und wollten noch so viel wie möglich über Tobias Werg herausfinden, damit ihr falsches Personifizieren nicht herauskommen würde. Allerdings ein bisschen zu spät, wie sich jetzt herausstellt."

„Es klingt vielleicht unglaubwürdig, Herr Kommissar, aber ich habe ihn wirklich nicht umgebracht, das müssen Sie mir glauben. Ja, alles, was Sie bis jetzt herausgefunden haben, stimmt, aber umgebracht habe ich ihn nicht. Ich bin vom Bahnhof direkt in die Chiemgaustraße gefahren und habe vorgehabt, mit Herrn Werg zu reden. Ich habe einen Anruf bekommen, im Zug, angeblich von Herrn Werg, aber wenn ich jetzt so zurückdenke, kann es gar nicht Herr Werg gewesen sein. Der Anrufer meinte, Herr Weg, er sagte -ich- hätte heute Zeit, mit mir das mit dem Erbe zu regeln, und wenn ich wollte, könnte man da eine Lösung finden. Da ist mir der Einfall mit meinem Bruder gekommen, dass der doch das mit der Wohnung erledigen kann, und da habe ich ihn angerufen und ihm gesagt, was er machen soll. Als ich dann beim Herrn Werg geklingelt habe, hat keiner aufgemacht und ich bin zurück in meine Wohnung. Ich war ziemlich sauer, dass ich extra zurückgefahren bin und dann war er nicht da. Dann kam die Polizei und der Hausmeister hat mir erzählt, dass man den Herrn Werg ermordet hat, und ich habe Angst gehabt, dass Sie mich verdächtigen, und dann bin ich einfach für ein paar Tage weggefahren, ich dachte, bis sich das alles geklärt hat."

„Und das sollen wir Ihnen glauben, Herr Salesowich. Sie glauben also allen Ernstes, dass wir Ihnen das abnehmen?"

Dieter Salesowich sah den Kommissar eindringlich an.

„Ich war nicht in der Wohnung, Herr Kommissar, also werden Sie keine Fingerabdrücke oder so etwas finden. Ich habe auch noch nie eine Waffe besessen, weiß gar nicht, wie man damit umgeht. Und ein toter Herr Werg hätte mir nichts genutzt, ich wollte mit ihm reden, ja, aber ihn nicht umbringen."

Kapitel 23

„Armin, wir sind in einer Sackgasse. Salesowich hat recht, wir haben keine Fingerabdrücke oder irgendwelche Spuren von ihm in der Wohnung gefunden, und dass jemand so dumm handelt wie er, das ist nur bedingt strafbar."

„Was schlagen Sie vor, Herr Kommissar?"

Der Kommissar schlug sein weißes Notizbuch auf und machte sich Notizen, schrieb einige Seiten voll, ohne Armin Staller zu beachten, sah an die Decke, sah aus dem Fenster und wieder in sein kleines Buch. Es musste irgendetwas geben, was man übersehen hatte, irgendetwas, was man nicht beachtet hatte und was wichtig war. Nur was war es?

Mittlerweile war es früher Nachmittag. Das Thermometer hatte wieder seine übliche Höchstmarke erreicht und der Traum vom Wochenende an der Isar war zerschmolzen wie Eis auf einer eingeschalteten Herdplatte. Es dampfte nur noch ein bisschen, nichts war übrig geblieben.

Das Einzige, was man noch machen konnte, war herauszufinden, wer Herrn Salesowich angerufen hatte. Der Anruf kam von einem vorausbezahlten Mobiltelefon, an dem die Nummer nicht nachzuverfolgen war. Jeder konnte es also gewesen sein. Jedenfalls stimmte die Zeit des Anrufes und Herr Salesowich hatte sehr wohl die Möglichkeit gehabt, nach München zurückzufahren. Seine Geschichte machte Sinn.

Der Kommissar beschloss, noch einmal sein Notizbuch durchzugehen.

Da war also der Freund, Gerhard Moser, der eigentlich gar kein richtiger Freund mehr war, sondern bereits auf dem Abstellgleis postiert wurde. Das wusste er nur noch nicht, hätte es aber wissen können, auch wenn er es nicht wahrhaben wollte. Oder wusste er es?

Dann war da seine Exfrau, Constanze Brunner, die so viel Verständnis aufbrachte für die Beziehungen, die ihr Exmann hatte. War sie wirklich so liberal und verständnisvoll, wie sie vorgab zu sein?

Dann gab es noch Bernd Hofstetter, der angeblich nicht der neue Freund von Tobias Werg war, sondern nur ein kurzes Zwischenspiel, der Schöne der Nacht. Oder war es mehr? Wollte er es nur nicht zugeben?

Und Siegfried Laser, von dem man überhaupt nichts wusste, der aber den armen Gerhard Moser zu trösten versuchte. Was hatte der mit der ganzen Geschichte zu tun?

Alles Personen, die einen Grund gehabt hätten, Tobias Werg zu beseitigen, und sei es auch nur aus Eifersucht, Rache oder verschmähter Liebe.

Die meisten Morde werden aus Liebe begangen, danach kommen Rache und Habgier, dachte sich Kommissar Wengler.

War es also Liebe in diesem Fall? Dann käme nur Gerhard Moser in Frage. Auch bei Rache wäre er der erste Verdächtige. Nur bei Habgier nicht, da hätte er keinen Vorteil gehabt, weder bei einem lebendem noch bei einem toten Tobias Werg. Eigentlich hatte nur einer einen Grund, ihn wegen finanzieller Vorteile umzubringen. Aber das schien unwahrscheinlich, ziemlich unwahrscheinlich.

Dieter Salesowich schied aus, da er zwar kein stichfestes Alibi hatte, aber auch nichts gefunden wurde, was ihn zur Tatzeit in die Wohnung bringen würde. Er war scheinbar nur das Bauernopfer. Das hatte man ganz gut hinbekommen, bis auf die Tatsache eben, dass die Zeitfolge nicht perfekt eingehalten wurde. Dieter Salesowich kam einige Minuten zu spät, oder der Mörder zu früh. Tobias Werg war schon tot, als Dieter Salesowich an der Wohnungstür klingelte. Es wäre besser gewesen, wenn Dieter Salesowich die Wohnung noch betreten hätte, dann hätte man seine Fingerabdrücke gehabt und alles wäre den Lauf des Üblichen gegangen. Man hätte ihn verhaftet, ihn vor Gericht gebracht und alle Indizien hätten gegen ihn gesprochen. So aber, da man keine einzige Spur von ihm in Tobias Wergs Wohnung gefunden hatte, war ihm nichts nachzuweisen.

Armin kam ein Gedanke.

„Herr Kommissar, wenn man in einem Haus eine Gegensprechanlage hat, die auch ein Bild darstellt, hat man da nicht auch ein Aufzeichnungsgerät für diese Bilder? Das wäre doch eine Frage wert."

„Du meinst das Arabellahaus? Das hieße, Du verdächtigst Bernd Hofstetter."

„Ich versuche nur herauszufinden, wer uns die Wahrheit sagt und wer nicht. Und irgendjemand war um die Mittagszeit in der Wohnung von Tobias Werg und nicht dort, wo man uns glauben machen will."

Ein Anruf in der Zentrale des Wachdienstes im Arabellahaus gab ihm recht. Es gab Videos von der Eingangstüre, der Garage und der Eingangshalle. Der diensthabende Wachmann versprach, das Video von allen drei Kameras für die entsprechende Zeit des letzten Montags per Email zuzusenden. Der Kommissar begrüßte in diesem Fall die Technologie, die das möglich machte, wenn auch nur unter Vorbehalt, wie er Armin wissen ließ.

Keine halbe Stunde später war das Video da und man hatte einen guten Grund, Herrn Hofstetter noch einmal aufzusuchen.

Kapitel 24

„Das beweist nichts, Herr Kommissar", meinte Herr Hofstetter, als man ihn auf das Video ansprach, in dem zu sehen war, dass er gegen Mittag mit seinem Auto die Garage verlassen hatte.

„Und warum haben Sie uns das dann verschwiegen, Herr Hofstetter? Sie haben uns gesagt, dass Sie den ganzen Tag zu Hause waren und immer erst nachts aktiv werden."

„Sie haben nicht danach gefragt, Herr Kommissar."

Der Kommissar schlug sein Notizbuch auf und las.

„Sie haben recht, das müssen wir übersehen haben. Also, stellen wir Ihnen die Frage jetzt. Wo waren Sie am Montag gegen Mittag, wohin sind Sie gefahren?"

Armin Staller bekam einen Anruf. Er bedeutete dem Kommissar, ein bisschen zu warten, und nach dem Anruf sagte er, dass er ihn sprechen wollte. Alleine. Man suchte sich eine Ecke im Apartment, wo man ungestört reden konnte.

„Ich habe der Verkehrsüberwachung gesagt, sie sollte einmal bei der Straßenüberwachung nachsehen, ob sie einen Wagen mit dem Kennzeichen von Herrn Hofstetter auf den in Frage kommenden Straßen sehen. Und jetzt bekomme ich den Anruf, dass der Wagen am Montagmittag in der Schwanseestraße gefilmt wurde und dort auch geparkt war."

„Na also, dann haben wir ihn. Er war in der Gegend."

Beide gingen zurück ins Wohnzimmer, wo Herr Hofstetter in seinem Kimono auf der Couch saß und mit seinem iPhone hantierte. Er sah kurz auf, setzte sich gerade hin und wartete, was man ihm zu sagen hatte.

„Herr Hofstetter, wir wissen nun, dass Sie am fraglichen Montag zur fraglichen Zeit in der Nähe des Tatortes waren. Warum erzählen Sie uns nicht einfach, was los war?"

Bernd Hofstetter stand auf, ging zum Schrank, holte sich ein Glas, öffnete die Flasche Whiskey, die dort stand, und goss sich ein volles Glas ein. Dann nahm er eine Pillendose aus dem Kimono, warf sich zwei Tabletten in den Mund und spülte sie mit dem großen Glas Whiskey hinunter.

„Also gut, Herr Kommissar. Ich *werde* Ihnen erzählen, was war."

Damit ging er zurück zur Couch, stellte das Glas auf den Tisch, setzte sich hin und schlug die Beine übereinander.

„Bevor Tobias mit Georg geschlafen hat, haben wir uns geliebt, das heißt, dass wir ein Paar waren. Wir wollten heiraten, sobald dieser Staat uns das genehmigen würde, was nur noch eine Frage der Zeit ist, wie wir alle hoffen. Wir wollten Kinder haben und eine Familie, eine ganz normale Familie, wenn Sie wissen, was ich meine. Ein Leben, wie es tausende Andere führen und wie wir es auch verdient haben. Wir sind keine Monster, Herr Kommissar, die Kinder schänden oder sie gar auffressen, wir sind ganz normale Männer, die auch ein Recht darauf haben zu leben und zu lieben. Ein Recht, glücklich zu sein, wenn die andere Seite der Menschheit das auch nicht verstehen will."

„Das streitet Ihnen niemand ab, Herr Hofstetter, aber es gibt Regeln in dieser Gesellschaft…"

„Die das nicht zulassen, ja", unterbrach Bernd Hofstetter den Kommissar.

„Keiner weiß es besser als wir, dass wir diese verdammten Regeln haben, glauben Sie mir. Und wir wissen auch, wer diese Regeln aufgestellt hat und alles in seiner Macht Stehende tut, damit diese ja nicht geändert werden."

Die letzten Worte waren etwas lauter gesprochen worden, als Bernd Hofstetter es wahrscheinlich wollte. Er entschuldigte sich kurz dafür und nahm einen weiteren Schluck aus dem Glas.

„Um fortzufahren. Nachdem Tobias nun auf dieser Vernissage Gerhard kennengelernt hat, hat er mir gesagt, dass das mit der Familie nichts werden wird, jedenfalls nicht sofort. Er hätte sich verliebt, und nachdem er sich erst kurz vorher zu seiner Neigung bekannt hatte, wollte er noch etwas erleben. Was, weiß ich nicht, aber er hatte einen großen Durst nach diesem Leben, das er so lange verleugnet hat, und als es jetzt sein Leben geworden war, wollte er ganz einfach nicht nur in die alte Gewohnheit zurückfallen und wieder eine feste Bindung haben. Er meinte, die Trennung von seiner Frau war schlimm genug, nicht nur für seine Frau, viel mehr noch auch für ihn. Er wollte das ganz einfach nicht mehr erleben, jedenfalls nicht so kurz hintereinander."

Bernd Hofstetter nahm sich Zeit, wollte überlegen, wie man es dem Kommissar am besten erzählte, damit er verstand, wie alles war, auch wenn er nicht die Gefühle verstehen konnte, die ein Mann für einen anderen Mann empfinden konnte. Das wusste er, niemand in diesem Raum würde wirklich verstehen, wovon er redete, aber er musste es versuchen.

„Wir haben uns geeinigt, dass wir uns einfach für ein paar Wochen trennen und dann sehen, wie es weitergeht. Das war leichter gesagt als getan. Er hatte auf einmal diese Erbschaft gemacht und sich sehr um seine Mutter gekümmert, von der er bis dahin nicht einmal wusste, dass es sie gibt. Ich glaube, das hat ihn abgelenkt, ihm eine Aufgabe gegeben und unsere Probleme in ein kleineres Licht gestellt. Auch Gerhard hat er vernachlässigt. Der stand fast jeden Tag bei mir vor der Tür, da er dachte, Tobias ist bei mir, und hat mir eine Szene nach der anderen gemacht."

Wieder musste Bernd Hofstetter eine Pause machen. Das Sprechen schien ihm ein wenig schwerer zu fallen, je mehr er erzählte. Er setzte sich gerade hin, nahm sein Glas, sah es an und leerte den wenigen Rest des Whiskeys.

„Tobias hat mir auch von diesem Martin Brand erzählt, der ihn jeden Tag belästigt hat und ihm sagen wollte, dass er der Sohn dieses Herrn Brand sei und ihm das Erbe zustünde und so. Er war wie eine Pest, wollte nicht aufgeben, zog sogar in dasselbe Haus wie Tobias, nur um ihn immer wieder zu belästigen. Er wurde den einfach nicht mehr los."

Der Kommissar sah Armin an und wieder zurück auf sein Notizbuch, in dem er mitschrieb, was Bernd Hofstetter zu erzählen hatte. Er wollte kein Wort dieser Geschichte vermissen, nicht jetzt, nicht wenn es um die letzten Details ging.

„Die Schmerzen waren groß, Herr Kommissar, zu groß. Für beide von uns. Ich habe versucht, mich mit Siegfried zu trösten, bin tagsüber nicht mehr aufgestanden, habe angefangen zu trinken, es machte mich wahnsinnig, daran zu denken, wo Tobias ist und was er gerade machte. Glauben Sie mir, Herr Kommissar, es ist die Hölle, dieser Zustand ist auf Dauer nicht auszuhalten. Ich habe fast nichts mehr gegessen und nur noch getrunken. Und dann habe ich mir mit allen möglichen Männern, die ich in der Sauna kennengelernt habe, meine Zeit vertrieben."

Dabei blickte Herr Hofstetter dem Kommissar ins Gesicht, um ihm mit seinem Blick zu bedeuten, was er damit gemeint hatte. Es war nicht der Zeitvertreib, den sich der Kommissar wahrscheinlich vorgestellt hatte, aber das spielte auch keine allzu große Rolle. Es ging nicht um den Kommissar, es ging um eine Beziehung, die auseinanderbrach und nicht mehr gerettet werden konnte. Man konnte nur noch mehr zerstören, noch mehr kaputt machen, als sowieso schon kaputt war. Da gab es von einem Punkt an nicht mehr viel zu verbessern.

„Dann habe ich diesen Plan gefasst. Ich habe den Martin Brand angerufen und dabei festgestellt, dass er auf dem Weg nach Berlin war. Ich brauchte ihn in München, also hab ich ihm gesagt, er soll sofort umkehren, da Tobias seine Meinung geändert hätte und mit ihm einen Deal machen möchte. Der Idiot hat das sofort geglaubt und ist tatsächlich zurückgefahren. Dann habe ich Tobias angerufen und ihm gesagt, dass ich kurz vorbeikommen werde. Ich bin also dann zu Tobias gefahren und wollte mit ihm reden, wollte ihn fragen, zu mir zurückzukommen und viele andere Dinge, die mir noch auf meinem Herzen lagen. Er hat sich wahnsinnig aufgeregt und hat mir gesagt, dass daran nicht zu denken sei, er nicht mit mir reden wolle, und außerdem wäre alles zu Ende und so. Da hab ich einfach schwarzgesehen, Herr Kommissar, und hab auf ihn geschossen."

Herr Hofstetter lehnte sich zurück und schien zu warten, wie der Kommissar diese Geschichte aufnehmen würde.

„Das kann nicht sein, Herr Hofstetter. Wieso hatten Sie denn eine Pistole dabei? Man geht nicht zu jemandem, mit dem man reden will, und hat eine Pistole dabei. Wir haben das überprüft, und soviel wir wissen, ist auf Sie gar keine Pistole zugelassen."

„Ich habe eben gedacht, wenn der Tobias nicht mit mir reden will, dann soll er auch nicht mehr leben. Entweder ein Leben zusammen oder kein Leben."

„Wie oft haben Sie denn geschossen, Herr Hofstetter?"

„Ist das denn wichtig? Ich weiß es nicht mehr, es ging alles so schnell, ich bin dann nur aus der Wohnung gerannt und nach Hause gefahren."

Der Kommissar machte sich Notizen in seinem Buch und sah sich in der Wohnung um. Irgendwie konnte er nicht glauben, was er gerade gehört hatte. Irgendetwas stimmte nicht.

„Ich muss Ihnen noch etwas Wichtiges sagen, Herr Kommissar, etwas, womit Sie dann vielleicht etwas mehr Verständnis haben werden und das alles ein bisschen besser verstehen. Erstens habe ich durch all die Kontakte, die ich in den letzten Monaten hatte, Aids bekommen und dieser Teufel von Krankheit ist bei mir schon ziemlich weit fortgeschritten. Die Krankheit und die Medikamente, die ich jeden Tag nehmen muss, haben mich zum Krüppel gemacht, unter anderem ist mein Immunsystem total kaputt. Ich wurde dadurch auch allergisch gegen alle möglichen Sachen, kann fast nichts mehr machen, was normale Menschen eben einfach so machen, und lebe nur noch von einer Stunde auf die andere. Ich bin auch allergisch gegen Aspirin und habe, als Sie kamen, zwei Aspirin genommen. In Kürze werden Sie miterleben, wie ich meine Krankheit besiege, Herr Kommissar, also stellen Sie bitte keine Fragen mehr, sondern akzeptieren Sie ganz einfach, dass ich es war und mich an der Untreue von Tobias rächen wollte. Ich wollte es so aussehen lassen, dass der Herr Brand es war, aber Sie haben es herausgefunden und sollten zufrieden sein, dass Sie den Mörder gefunden haben. Ich unterschreibe auch ein Protokoll, wenn Sie wollen, nur das muss schnell gehen, da wir nicht mehr viel Zeit haben. Und es hat keinen Sinn, die Ambulanz zu rufen, falls Sie das jetzt vorhaben, die werden es nicht mehr schaffen."

Armin hatte dennoch die Nummer gewählt, die alle Polizisten als erste in ihrem Telefon gespeichert haben. Der Krankenwagen würde in wenigen Minuten an Ort und Stelle sein.

Herr Hofstetter bekam plötzlich eine aschfahle Farbe im Gesicht, seine Bewegungen wurden langsamer, sein Atmen schwer und hörbar, sein Kopf fiel nach hinten und er hatte Mühe, sich in Position zu halten. Das Glas, das er während des Gespräches in der Hand hielt, fiel auf den Fliesenboden und zerbrach in tausend Stücke. Seine Arme und Beine schien er nicht mehr unter Kontrolle zu haben. Aus dem Herrn Hofstetter, der vor ein paar Tagen noch so aktiv, jung und lebensfroh ausgesehen hatte, wurde ein Abbild des Leidens, der Verzweiflung und der Sinnlosigkeit eines Lebens, das nicht mehr gelebt werden wollte.

Der Kommissar schaute hilflos nach Armin, als ob er wüsste, wie man in diesem Fall noch helfen konnte, aber allen war klar, dass es zu spät war.

Herr Hofstetter rang nach Luft, griff sich an den Hals, es sah aus, als würde er versuchen, seine Luftröhre zu öffnen, sah den Kommissar an, als sollte er ihm doch bitte helfen. Sterben ist nicht einfach, auch wenn man es möchte und es für einen die letzte Option bleibt, die man noch hat.

Es klingelte. Der Krankenwagen war gekommen. Armin stand langsam auf und bewegte sich ohne Hast zur Tür und drückte den elektronischen Türöffner. Er wusste, dass sie zu spät waren, Bernd Hofstetter hatte sein Ende vorbestimmt und es ihnen mitgeteilt, als er wusste, dass es nur noch Minuten dauern würde.

Er lag auf der Couch, sein Körper war umgefallen, seine Muskeln hatten aufgegeben, ihn aufrecht zu halten, und sich entspannt. Sie hatten ihn in eine unnatürliche Position fallen lassen. Er sah friedlich aus, als würde er nur einmal ein bisschen schlafen, sich nur ein wenig ausruhen und sofort wieder bei ihnen sein. Er hatte seine Ruhe gefunden, weit weg von allem, was ihn so lange beschäftigt hatte und nun so unwichtig geworden war. Sein Körper war noch da, seine Seele war aus ihm gewichen, er hatte Seligkeit gefunden, hatte seine Krankheit besiegt, in der Hoffnung auf ein besseres Dasein auf der anderen Seite.

Der Notarzt war inzwischen eingetroffen und konnte nur noch den Tod des Bernd Hofstetter feststellen.

„Armin, der Fall ist abgeschlossen. Wir gehen davon aus, dass Bernd Hofstetter Tobias Werg erschossen hat."

„Ich verstehe, Herr Kommissar. Der Fall ist für uns abgeschlossen."

Kapitel 25

Im Kommissariat angekommen, nahm Kommissar Wengler sein Notizbuch aus der Jackentasche und stellte es ins Regal, in die Reihe der abgeschlossenen Fälle.

„Armin, schreib den Bericht so, wie es Bernd Hofstetter erzählt hat, dass er einen einzigen Schuss abgegeben und danach die Rollläden zugezogen hat. Das Haus hat er durch den Hinterausgang in Richtung Schwanseestraße verlassen, ohne gesehen zu werden. Die Pistole wurde danach von ihm entsorgt und wir haben nicht mehr herausgefunden, wo. Herr Hofstetter ist gestorben, bevor wir ihn zu diesem Punkt befragen konnten."

Das Wetter hatte umgeschlagen. Die Hitze war einem lauen Wind aus dem Norden gewichen. Es war, als würde auch der Himmel endlich ein Einsehen haben und es den Menschen etwas einfacher machen. Das Wochenende kam, der Kommissar freute sich darauf, seine Füße in die Isar hängen zu lassen und dabei ein kühles Bier zu trinken. Er dachte noch an all die Menschen, denen man nicht ansieht, welche Probleme sie mit sich herumtragen und nur versuchen, irgendwie ihr kleines Reich zu finden, in dem sie ein bisschen glücklich sein können. Nur ein kleines bisschen, für eine kurze Zeit. Es gibt viele Möglichkeiten des Glücks, viele, die wir nicht kennen und von denen wir oft nichts verstehen, aber es gibt sie dennoch. So wie es viele Dinge gibt, von deren Existenz wir nichts wissen. Wir sollten nur offen sein für all diese Varianten des Glücks, für all die Schönheiten und unendlichen Möglichkeiten, die das Leben einem bietet, und nicht urteilen über Dinge, die wir nicht verstehen und nicht nachvollziehen können, obwohl wir manchmal denken, alles verstehen zu müssen. Es gibt ein Wort für dieses Erkennen. Toleranz.

ENDE

Ich möchte mich an dieser Stelle bei zwei Personen bedanken, ohne deren Hilfe dieses Buch nicht zustande gekommen wäre. Da wäre zuallererst meine langjährige Partnerin Marita Stepe, die es stets auf sich nimmt, die erste Fassung meiner Bücher zu lesen, und mit konstruktiver Kritik auf die Handlung Einfluss nimmt. Und dann noch Dr. Andreas Fischer, Lektor von BookRix, der mit Engelsgeduld meine Fehler ausgemerzt hat.

Sollte Ihnen das Buch gefallen haben, empfehlen Sie es Ihren Freunden.

Und vielen Dank, dass Sie es gelesen haben

Weitere Titel :

Derzeit nur als e-book erhältlich:

Tod am Samstagabend (Kommissar Wengler)

Als e-book und Taschenbuch erhältlich:

Schloss im Süden

Tod am Fenster (Kommissar Wengler)

Das mazedonische Messer (Kommissar Wengler)

Faschingsmord (Kommissar Wengler)

Mord in der Manege (Kommissar Wengler)

Vatertagsblues (Kommissar Wengler)

Nebel über München (Kommissar Wengler)

Florida, Juli 2015